POR QUE
LER
MANUEL
BANDEIRA

POR QUE LER MANUEL BANDEIRA

JÚLIO CASTAÑON GUIMARÃES

COPYRIGHT © 2008 BY JÚLIO CASTAÑON GUIMARÃES

Todos os direitos reservados. Nenhuma parte desta edição pode ser utilizada ou reproduzida – em qualquer meio ou forma, seja mecânico ou eletrônico, fotocópia, gravação etc. – nem apropriada ou estocada em sistema de bancos de dados, sem a expressa autorização da editora.

PROJETO E COORDENAÇÃO EDITORIAL
Rinaldo Gama

PREPARAÇÃO
Claudia Abeling

REVISÃO
Maria Sylvia Corrêa

CAPA E PROJETO GRÁFICO
warrakloureiro

CARICATURA DE BANDEIRA [P. 6]
Cassio Loredano

Dados Internacionais de Catalogação na Publicação [CIP]
Câmara Brasileira do Livro, SP, Brasil

Guimarães, Júlio Castañon
Por que ler Manuel Bandeira / Júlio Castañon Guimarães.
São Paulo : Globo, 2008 – (Coleção por que ler /
coordenador Rinaldo Gama)

ISBN 978-85-250-4532-4

1. Manuel Bandeira, 1886-1968 – Crítica e interpretação
2. Crítica literária – 3. Poesia brasileira – História e crítica
I. Gama, Rinaldo. II. Título. III. Série.

08-03882   CDD-869.9109

Índices para catálogo sistemático:
1. Poesia: Literatura brasileira : História e crítica 851.09
2. Poetas brasileiros: Apreciação crítica 869.9109

DIREITOS DE EDIÇÃO EM LÍNGUA PORTUGUESA
ADQUIRIDOS POR EDITORA GLOBO S.A.
AVENIDA JAGUARÉ, 1485
05346-902 – SÃO PAULO – SP
WWW.GLOBOLIVROS.COM.BR

UM
RETRATO
DO
ARTISTA 7

CRONO-
LOGIA 75

ENSAIO
DE
LEITURA 81

ENTRE
ASPAS 153

ESTANTE 156

UM RETRATO DO ARTISTA

1

Manuel Bandeira escreveu um livro, *Itinerário de Pasárgada*, que, sendo de leitura extremamente prazerosa, constitui fonte inestimável de informações sobre sua vida e obra. Assim, a existência desse livro sempre constitui uma como que incitação a aproximar vida e obra de Bandeira. Além disso, sua própria obra poética constitui também uma espécie de incentivo para essa aproximação, tendo em vista a natureza confessional de certos poemas, os dados biográficos integrados aos poemas e o tom de afetividade de muitos deles.

No começo da obra de Manuel Bandeira as correntes poéticas provenientes do final do século xix ainda têm presença marcante. Sua poesia inicial revela de forma bem nítida, ainda que com características peculiares, as influências simbolista e parnasiana. A seguir, porém, o poeta antecipará a evolução modernista e a ela se integrará como uma de suas vozes mais representativas. Desenvolvendo-se então em consonância com o modernismo, a poesia de Bandeira, porém, não fica presa a parâmetros determinados. Sendo um grande conhecedor da arte poética, Bandeira escreveria, por exemplo, um poema que recupera a linguagem dos trovadores medievais, voltaria ao soneto, faria experiências concretistas e produziria versos de circunstância. Sua presença na literatura brasileira pode ser percebida, ao lado de outras dimensões, pelo fato de deixar nítidas marcas em vários poetas posteriores; por exemplo, em poetas surgidos em torno de 1970, como Francisco Alvim.

Diante das dimensões dessa obra, como compreender que o próprio poeta se qualificasse como "poeta menor"? Eis como se apresenta nesses versos do poema "Testamento" (*Lira dos cinqüent'anos*), em que sumaria seu destino:

> Criou-me desde eu menino,
> Para arquiteto meu pai.
> Foi-se-me um dia a saúde...
> Fiz-me arquiteto? Não pude!
> Sou poeta menor, perdoai!

Não há que se ver aí, é claro, nenhum artifício de falsa modéstia. Em várias outras ocasiões, ele insistirá na sua condição de poeta menor. Pode-se pensar que a noção de "poeta menor" pressupõe a de "poeta maior", que seria aquele voltado para os grandes temas da reflexão social ou filosófica. O "poeta menor" seria então aquele voltado para temas mais subjetivos, mais ligados à vida cotidiana. Tal é o caso de Manuel Bandeira. E é dentro dessas considerações que se deve encarar sua insistente reivindicação de ser um poeta menor.

Para se aproximar dessa vida e dessa obra, há o caminho preparado pelo próprio poeta, de forma como talvez não se tenha paralelo na literatura brasileira. Esse caminho é justamente o livro *Itinerário de Pasárgada*, uma autobiografia literária em que são expostos elementos estreitamente relacionados com sua dedicação à poesia, com sua postura perante a criação poética. Diante da afirmação corrente de que Bandeira é dos poetas cuja obra mais explicitamente se mostra vinculada à sua vida, o *Itinerário de Pasárgada* constitui a melhor das introduções a essa vida e a essa obra. Tendo em vista sua cultura e seu conhecimento do fazer poético, Bandeira não correu o risco de uma apresentação meramente subjetiva de sua poesia. Assim, ao lado dos dados de sua formação, como leituras marcantes e influências, tanto pessoais como literárias, são detalhados até mesmo aspectos técnicos da elaboração poética.

No entanto, mais do que uma abordagem da obra bandeiriana, *Itinerário de Pasárgada* deve ser encarado como texto que propicia o surgimento de questões bastante férteis para a leitura dessa mesma obra. Um dos aspectos mais interessantes do livro é a apresentação da origem de vários poemas. Embora essa seja uma questão sujeita a muitas variáveis, de modo que qualquer que seja a origem de um poema, este sempre estará aberto a diversas leituras, independentemente das circunstâncias em que surgiu. No entanto, as informações nesse sentido são sempre não só interessantes, mas de grande proveito. Bandeira mostra no *Itinerário de Pasárgada* como alguns poemas nasceram diretamente de seu inconsciente, algumas vezes até mesmo em estado de sono. Ora, a qualquer outra pessoa seria absolutamente inviável estabelecer esse tipo de relação. O poema, enquanto poema, não é uma manifestação, mas um discurso com articulação própria. Por outro lado, a vinculação de alguns poemas a certos dados factuais da vida do poeta apresenta alta dose de imponderabilidade. Se são conhecidos alguns dados que se encontram na origem de certos poemas, outros dados, por sua vez, não são conhecidos ou, mais ainda, foram cuidadosamente ocultados, como acontece no caso dos poemas de cunho amoroso. No texto biográfico que Francisco de Assis Barbosa escreveu para uma edição da obra completa de Bandeira, pode-se ler que para o poeta o campo amoroso é "território inviolado e inviolável, conforme ele próprio observaria a repórter indiscreto, abusivamente interessado na identificação da 'Vulgívaga' ou da mulher do 'Alumbramento'". Quase nada dos relacionamentos amorosos de Manuel Bandeira chegou a conhecimento público. Nos relatos biográficos a seu respeito não há qualquer menção a eles. É curioso lembrar que Manuel Bandeira não exerceu essa atitude de "proteção" da vida amorosa apenas em relação a si próprio. "Protegeu" outros, como seu amigo Mário de Andrade. Ao publicar as cartas de Mário de Andrade, Manuel Bandeira escreveu, justificando a eliminação de algumas delas: "Possuo cartas de Mário indevassáveis devido à intimidade das confidências (é o caso das duas cartas em que ele me relatou a breve ligação com a mulher que lhe inspirou o Girassol da madrugada)".

A vinculação entre vida e poesia na obra de Manuel Bandeira não deve ser entendida no sentido da busca da relação literal entre os poemas e os dados factuais que estariam ligados a seu surgimento. Em primeiro lugar, deve ser entendida como elemento da presença do "eu" nas obras líricas, como expõe Sérgio Buarque de Holanda: "Sua poesia não quer ser um artefato. Exige a presença viva e permanente do autor, não apenas à sombra de uma inteligência eficaz; nisto denuncia bem sua qualidade lírica, no sentido pleno da palavra. [...] Essa absorção dos acidentes da vida exterior no próprio mundo íntimo exprime-se reiteradamente em toda a obra poética de Manuel Bandeira". Desse modo, a inter-relação entre vida e obra no caso de Manuel Bandeira adquire sentido como função da elaboração lírica, na perspectiva da incorporação, pela lírica, do cotidiano, do lugar-comum, do prosaico.

2

A 19 de abril de 1966 o poeta Manuel Bandeira comemorava oitenta anos. Não se tratava apenas de um aniversário, mas da comemoração da trajetória do autor de uma das obras mais importantes da literatura de língua portuguesa. O poeta recebeu as mais diversas homenagens, desde discursos no Congresso e concessão de prêmios, até a inauguração de um busto em Recife. No dia do aniversário, sua editora, a José Olympio, promoveu em sua sede uma grande festa, a que compareceram mais de mil pessoas. A data foi também ocasião para o lançamento dos livros *Estrela da vida inteira*, que reunia toda a poesia de Bandeira e também suas traduções de poesia, tendo como introdução um importante estudo de Antonio Candido e Gilda de Mello e Sousa, e *Andorinha, andorinha*, reunião de crônicas organizada por Carlos Drummond de Andrade.

Vinte e seis anos antes, em 1940, embora tivesse sido eleito nesse ano para a Academia Brasileira de Letras, Manuel Bandeira ainda pagava a edição de seus livros — foi quando se lançou a primeira edição das *Poesias completas*, custeada pelo autor. Tinha ele, então, 54 anos. Esses dados às vezes quase antagônicos — a entrada para a Academia, o custeio da própria obra, a comemoração dos oitenta anos de quem na juventude esteve muito doente — delineiam o tortuoso e difícil percurso de um dos criadores fundamentais da literatura brasileira.

Uma das etapas mais recuadas desse percurso pode ser buscada quase quatro décadas antes, no ano de 1904. O poeta tinha dezoito anos e acabara de descobrir que estava tuberculoso, praticamente condenado à morte. Afastou-se então de seus estudos, os preparativos para o curso de engenheiro-arquiteto na Escola Politécnica de São Paulo, e passou a peregrinar por várias cidades brasileiras em busca de climas melhores para o combate à doença. No entanto, segundo o próprio Bandeira, foi essa possibilidade da morte que o encaminhou para uma efetiva dedicação à poesia, que até então fora praticada sem maiores compromissos.

Manuel Bandeira nasceu em 1886, ainda, portanto, no período do segundo império e antes da abolição da escravatura. Nasceu em Recife, na rua Joaquim Nabuco, até o ano anterior chamada rua da Ventura, no bairro da Capunga, uma das áreas mais aprazíveis da cidade, escolhido como local de residência por muitas famílias de posses. Era filho de Manuel Carneiro de Sousa Bandeira, engenheiro, e de Francelina Ribeiro de Sousa Bandeira. No caderno de anotações da mãe, encontrou esta nota: "Nasceu meu filho Manuel Carneiro de Souza Bandeira filho, no dia 19 de abril de 1886, 40 minutos depois de meio-dia, numa segunda-feira santa. Foi batizado no dia 20 de maio, sendo seus padrinhos seu tio paterno Dr. Raimundo de Sousa Bandeira e sua mulher D. Helena V. Bandeira". O pai era um homem culto, interessado em literatura, com quem desde a infância Bandeira conversaria sobre o assunto e com quem muito aprenderia. A mãe, que tinha o apelido de Santinha, era uma mulher inteiramente dedicada à vida dos filhos: Manuel, que era o mais novo, Antônio e Maria Cândida, uma moça inteligente e dotada para a música que na doença do irmão caçula sempre o acompanhou de perto.

Em 1890, quando o poeta tinha quatro anos de idade, a família transferiu-se de Recife para o Rio de

Janeiro, mudando-se pouco depois para Santos, para São Paulo e novamente para o Rio de Janeiro. Por essa ocasião, o menino passou algumas temporadas em Petrópolis, de onde provieram suas primeiras lembranças; foi aí que ele nasceu "para a vida consciente" (*Itinerário de Pasárgada*, a seguir citado abreviadamente: IP). Nunca se esqueceu de alguns livros que liam para ele, como *João Felpudo*, *Simplício olha pro ar*, *Viagem à roda do mundo numa casquinha de noz*.

Em 1892, a família retornou a Recife. Ficou aí durante quatro anos, tendo Bandeira estudado no colégio das irmãs Barros Barreto, na rua da Soledade, e ainda, como semi-interno, no de Virgínio Marques Carneiro Leão, na rua da Matriz. Bandeira considerou esse período como o da formação de sua mitologia. Certas pessoas com quem o menino convivia — como Totônio Rodrigues, Dona Aninha Viegas e a preta Tomásia, que surgirão em alguns poemas — tinham para ele "a mesma consistência heróica das personagens dos poemas homéricos" (IP). Igualmente importantes e marcantes foram certos locais, também mencionados em seus poemas, como as ruas da União, da Aurora, do Sol, da Saudade e Princesa Isabel. Ainda no campo da leitura, marcou-o sobretudo um livro adotado na escola, *Il cuore*, de De Amicis, em tradução de João Ribeiro.

Dessa época, foram muito importantes para Bandeira as cantigas de roda e os contos de fadas, pois foi aí que ocorreu seu primeiro contato com a poesia. De cantigas como "Roseira, dá-me uma rosa", "O anel que tu me deste", "Bão, balalão, senhor capitão", ele viria a usar trechos em diversos poemas. Ao mesmo tempo, o pai lhe ensinava versos de todo tipo, de modo que com ele o menino ia adquirindo a "idéia que a poesia está em tudo — tanto nos amores como nos chinelos, tanto nas coisas lógicas como nas disparatadas" (IP). Ainda nessa época, Bandeira teve sua atenção despertada para a poesia escrita. Na casa do avô materno, Antônio José da Costa Ribeiro, procurava o *Jornal do Recife*, que publicava diariamente na primeira página um poema, não passando despercebida ao futuro poeta a forma peculiar que o texto adquiria naquele trecho da página do jornal.

A partir de 1896, a família voltou a morar no Rio de Janeiro. Ocupou então uma casa no bairro de Laranjeiras, em meio às muitas árvores de um belo jardim com vista para o Corcovado. Bandeira, com dez anos de idade, passou a estudar no Externato do Ginásio Nacional, na antiga rua Larga de São Joaquim, hoje rua Marechal Floriano Peixoto (Ginásio Nacional foi o nome que o Colégio Pedro II passou a ter em 1890, quando após a Proclamação da República se procurava apagar os vestígios do império, tendo voltado ao antigo nome somente em 1911). Considerado ótimo aluno, teve como colegas os futuros filólogos Sousa da Silveira e Antenor Nascentes, e como professores os críticos João Ribeiro e José Veríssimo, e o filólogo Said Ali. Datam desse período suas leituras de poetas como François Coppée, Leconte de Lisle, Baudelaire, Heredia, Antônio Nobre. Nessa época, como ainda durante muitos anos, a presença da literatura francesa era significativa, às vezes mais que a portuguesa. Assim, como prêmio por um trabalho que Bandeira fez sobre Mme. de Sévigné, o professor de literatura francesa lhe deu um exemplar de *La Fontaine et ses fables*, livro de Taine que, segundo Bandeira, teve sobre ele grande influência, embora se trate de um livro frio de crítica. A convivência com Sousa da Silveira foi de grande importância. Conversavam muito sobre literatura, daí nascendo o gosto de Bandeira pelos clássicos portugueses — ele chegou a decorar os principais episódios de *Os lusíadas*.

O crítico José Veríssimo, professor de geografia, não deixava passar despercebidas em sua aulas as impropriedades de linguagem dos alunos. Certo dia, quando o assunto era o estado de Pernambuco, perguntou a Bandeira: "Qual o maior rio de Pernambuco?". O aluno, orgulhoso por poder responder corretamente a uma pergunta sobre sua terra natal, disse: "É o Capibaribe". O professor, imitando o sotaque pernambucano, de imediato fez um comentário: "Bem se vê que o senhor é um pernambucano", provocando gargalhadas por parte da turma. Diante do espanto e desorientação do garoto, José Veríssimo se apressou a dizer que a forma correta do nome do rio era "Capiberibe". À época, naturalmente, nem José Veríssimo admitia a alternância das vogais no nome do rio, nem o futuro poeta tinha noção de que ela é possível. Muitos anos mais tarde, esse episódio forneceria a Bandeira um efeito musical empregado no poema "Evocação do Recife" (*Libertinagem*):

> Do lado de lá era o cais da Rua da Aurora...
>   ... onde se ia pescar escondido
> Capiberibe
> — Capibaribe
> Lá longe o sertãozinho de Caxangá
> Banheiros de palha

Durante esse período da adolescência, Bandeira, por morar no bairro de Laranjeiras, vivia próximo à casa de Machado de Assis, que residia no Cosme Velho, bairro vizinho. O contato com o romancista se deveu ao fato de este e o pai de Bandeira trabalharem na mesma repartição. O poeta guardou algumas lembranças do autor de *Dom Casmurro*, referindo-se a elas em mais de uma oportunidade. Certo dia, tomou o bonde no Largo do Machado e por acaso sentou-se ao lado de Machado de Assis. Este, ao reconhecer o filho do engenheiro Sousa Bandeira, dobrou o jornal que vinha lendo e pôs-se a conversar com o jovem. No correr da conversa, o romancista quis citar alguns versos de *Os lusíadas*, mas não conseguia se lembrar deles. Bandeira começou a dizer uma estrofe; Machado, porém, interrompeu-o, dizendo que não era aquela, mas a anterior, que não veio à memória de nenhum dos dois.

Bandeira também guardou a opinião que Machado de Assis emitiu a respeito de seus versos de jovem poeta, pois a essa época já escrevia, tendo chegado a publicar um poema na primeira página do *Correio da Manhã*. Machado de Assis fez o comentário com o pai de Bandeira, "elogiando as rimas, que lhe pareciam 'bem ligadas ao assunto'" (IP). Anos depois, o próprio Bandeira em uma crônica ("Confidências a Edmundo Lys") incluída em *Andorinha, andorinha*, transcreveria o poema, comentando, porém, que "não valia nada". Tratava-se de um soneto, cuja primeira estrofe era a seguinte:

> Nasceste para o beijo e os êxtases divinos
> Do amor, e és para o amor a heroína ideal.
> Trazes disso estampado o vívido sinal
> Na rubra timidez dos lábios purpurinos.

O jovem poeta mandou o poema ao jornal assinado com o pseudônimo C. Creberquia, e assim foi publicado, quando contava ele dezesseis anos. Mas desde os dez já fazia versos, sobretudo quadrinhas satíricas, que às vezes tinham por tema, segundo ele, os namoros de seus tios maternos. Durante o período colegial, Bandeira — ou Bandeirinha, como era chamado, porque seu irmão, mais velho, também era aluno do colégio — produziu diversos poemas desse tipo. Na verdade, havia como que verdadeiros torneios de poemas satíricos entre alguns estudantes, sendo vários deles publicados no jornal dos alunos, *A Pena*. De Bandeira, subsistiram alguns poucos exemplos, como este em que zombava de um colega que passara a usar calças compridas:

> Depois das calças compridas
> Ficou uma pipa tal qual:
> Guarde isto pra mais tarde
> Quando chegar carnaval.

Embora estudioso, já grande leitor e interessado por literatura, Bandeira não deixava de ter também outros interesses. Assim, quando em 1902 a atriz francesa Réjane, quase tão célebre quanto Sarah Bernhardt ou Eleonora Duse, fez sua primeira turnê pelo Brasil, apresentando-se entre julho e agosto no Rio de Janeiro e em São Paulo, Bandeira teria chegado a vender alguns de seus livros em sebos a fim de poder assistir ao maior número de espetáculos da atriz no velho Teatro Lírico do Rio de Janeiro, na antiga rua da Guarda Velha, hoje avenida Treze de Maio. Atento à vida cultural do Rio de Janeiro do início do século XX, o jovem poeta não só freqüentava teatro e concertos, como ia também reunindo conhecimentos em várias áreas que não a literatura. Em diversos momentos de reminiscências, Bandeira revela, por exemplo, a boa formação musical que adquiriu ainda na juventude.

Em 1903 o presidente da república Rodrigues Alves iniciou a grande reforma urbana do Rio de Janeiro, que alterou radicalmente o velho centro da cidade, mudando o cenário em que Bandeira se formara, questão a que fez várias referências em suas crônicas. Nesse mesmo ano também ocorreu grande mudança na vida do jovem. Terminado o curso de Bacharel em Ciências e Letras do colégio (segundo a estrutura de ensino adotada na época pelo estabelecimento), Bandeira em 1903 se mudou para São Paulo. Ia fazer o curso de engenheiro-arquiteto na Escola Politécnica, profissão que escolheu por influência do pai, mas pela qual se interessava muito, tanto que, ao lado de suas leituras literárias, estavam também obras do arquiteto francês Viollet-le-Duc (*L'art du dessin*, *Comment on construit une maison*). Começou a trabalhar nos escritórios da Estrada de Ferro Sorocabana, matriculou-se na Politécnica e ainda tinha aulas de desenho de ornato, à noite, no Liceu de Artes e Ofícios, onde desenhava à mão livre e fazia aquarelas. Julgou então que estava definitivamente encerrada a época dos versos. Disse ele que durante o ano e meio que ficou em São Paulo só se lembrava de ter feito um poema, e que considerava a sua tendência para a poesia como uma simples habilidade.

Todavia, em fins de de 1904, depois de encerrado o ano letivo, tendo sido brilhantemente aprovado em todas as matérias, "veio o mau destino", para usar expressão que ocorre na primeira estrofe do primeiro poema de seu primeiro livro:

> Sou bem-nascido. Menino,
> Fui, como os demais, feliz.
> Depois, veio o mau destino
> E fez de mim o que quis.

Bandeira, então com dezoito anos, passava férias de fim de ano em Itaipava, perto de Petrópolis, na Fazenda Santo Antônio, do engenheiro Antônio Fialho. Ficou sabendo que estava tuberculoso. Teve de abandonar o trabalho, os estudos, voltar para o Rio de Janeiro e iniciar uma vida de repouso e de busca de climas mais adequados. Na época, a doença era extremamente grave, pois não havia os recursos atuais. Foi uma mudança súbita e inesperada, mas que se revelou decisiva. Bandeira voltava à poesia, feita a partir de então "por necessidade, por fatalidade" (IP).

3

Doente, incapacitado para quaisquer atividades, Bandeira voltou-se exclusivamente para a leitura e a poesia. Do início da doença até 1917, quando da publicação do primeiro livro — durante treze anos, portanto —, o poeta realizou sua verdadeira formação: "Foi nesses treze anos que tomei consciência de minhas limitações, nesses treze anos que formei minha técnica" (IP).

Ao longo desse período, passou temporadas em diversas cidades, pois era essencial que encontrasse um clima onde se sentisse melhor. De 1905 a 1906, esteve em Campanha, Minas Gerais; de 1906 a 1907, em Teresópolis, estado do Rio; de 1907 a 1908, em várias localidades do Ceará (Maranguape, Uruquê, Quixeramobim), onde o pai se encontrava a trabalho, dirigindo as obras do porto de Fortaleza. Aproximadamente na época em que Bandeira voltou ao Rio, a família se mudou para Santa Teresa, para a rua do Aqueduto (atual rua Almirante Alexandrino), passando a viver numa casa que pertencia a um português, seu Gomes, antigo hoteleiro e entusiasta de aviação, e que tinha batizado sua casa como "A Casa dos Amores". Nas proximidades, morava a família Blank — o casal Carlos e Frederica (ou Frederique Henriette Simon-Blank, habitualmente referida como Mme. Blank) e as filhas Guita e Joanita —, que se ligou estreitamente à família Sousa Bandeira. Mme. Blank, holandesa, viria a ter grande importância para Bandeira ao longo de toda sua vida. Depois da volta ao Rio de Janeiro, Bandeira passou longas temporadas em Teresópolis, cidade a que mais se adaptava, não tanto pelo clima, mas pela cidade em si, que considerava a mais agradável de todas aquelas em que estivera.

Na cidade de Campanha, sul de Minas Gerais, num certo dia do ano de 1905, chamou a atenção de uma jovem moradora da cidade um homem feio e extremamente magro, que chegou de trem e foi levado numa cadeira até uma casa do Largo da Matriz, onde ficou morando. (O episódio é relatado pelo filólogo Gládstone Chaves de Melo, que ouviu a história contada por sua mãe, ou melhor, a jovem que presenciara a cena.) E o homem, que vinha a ser Manuel

Bandeira, depois se mudou para outra casa, na rua do Fogo. Em Campanha, a mais antiga cidade do sul de Minas, cheia de velhos casarões coloniais, Bandeira, quase sempre acompanhado pela mãe e pela irmã, levava uma vida na maior parte do tempo de repouso, com cuidadosas caminhadas por suas ruas. Dessa cidade escreveu uma carta ao engenheiro Abel Ferreira de Matos, colega de trabalho de seu pai e de Machado de Assis, onde alguns versos diziam: "Que vim fazer em Campanha? / Campanha... cidade morta...". Nessa localidade, no entanto, conheceu uma jovem, Donana Sales, "um brotinho, de carinha muito fresca, muito cor-de-rosa", com quem mesmo anos mais tarde manteve correspondência. Numa crônica de 26 de junho de 1956, ou seja, cerca de cinqüenta anos mais tarde, rememora uma visita que fizera a Campanha bastante tempo após lá ter morado, e não só descreve a cidade e relembra episódios de quando lá morou, como fala de sua emoção ao retornar tanto tempo depois: "Quando me vi em frente da casa onde vivi e passei por tantos sofrimentos, senti um nó na garganta. [...] Me lembrei de uma porção de coisas, inclusive de Violinha, uma nossa cachorrinha amarela, que uma manhã amanheceu morta na escadinha da entrada". O título da crônica, "O fantasma", sintetiza toda a estranheza e distância impostas pelo tempo. Essa viagem foi feita muito antes da crônica que a relata, e a intenção de empreendê-la foi anunciada numa carta para Joanita Blank, de 21 de janeiro de 1935, quando passava uma temporada em Cambuquira. E já na carta a condição fantasma é referida:

> Estou com vontade de passar uma noite em Campanha, onde faz agora 30 anos que cheguei tão doente. Se houver por lá algum conhecido daquele tempo, vai me tomar por um fantasma. [...] Tinha muita vontade de fazer isso. Muitas vezes sonhei que estava fazendo isso. Acho que vou depois de amanhã.

Mas Bandeira deixou registrado seu período em Campanha ainda de outro modo. Lá, escreveu alguns poemas, tendo chegado a colaborar num jornal local, *O Colombo*. Da cidade datam poemas que não foram incluídos em suas obras, mas também outros que foram preservados. Um deles lamenta a ausência do pai; outro, dedicado a Donana Sales, se intitula "Versos de doente"; outro ainda alude à correspondência com o engenheiro Abel ("Nem uma carta, nem um cartãozinho / Nem uma linha do Dr. Abel"); e uma quadra provavelmente terá sido escrita quando de uma ausência da irmã.

Em seguida, em abril de 1906, Bandeira foi pela primeira vez a Teresópolis, onde ficou até maio de 1907. Até então não conhecia a cidade fluminense, situada numa região muito bonita no alto da Serra dos Órgãos, a 871 metros de altitude, e de onde se avista o pico conhecido como Dedo de Deus. Segundo relato de Waldemar Lopes, Bandeira subiu a serra a cavalo: "Já deixara bem atrás as casinhas esparsas, perdidas entre as árvores, e nem sequer notadas; aproximava-se da Cascata de Imbuí, que Lúcio de Mendonça fora o primeiro a cantar. Respondendo-lhe à indagação, um modesto homem do campo informou-o de que era preciso refazer parte do caminho percorrido, para chegar a Teresópolis". A primeira noite que passou na cidade foi extremamente difícil. Bandeira passava mal, tossia muito, o que tornou sua presença no pequeno hotel muito desagradável para os outros hóspedes, temerosos de contágio. Providenciou-se então, por intermédio de um tio de Bandeira, um quarto na sede da Câmara Municipal. Depois do período passado nas cidades do Ceará, Bandeira voltaria a Teresópolis em meados de 1908, hospedando-se no Hotel Bessa e permanecendo na cidade serrana até janeiro de 1910. Dessa época datam cartas que escreveu a um de seus tios, o médico Raimundo de Sousa Bandeira, dizendo, por exemplo, como na carta de 19 de janeiro de 1910, que o lugar mais conveniente e agradável para ele era Teresópolis: "Não tenho mais dúvida que o lugar que melhor me convém é este. Outros poderá haver mais secos, de temperatura mais constante — como Campanha e Ceará — mas são feios, tristes, deprimentes e todos disputam a honra de se terem neles perdido as botas de Judas, que provavelmente não usava botas... Teresópolis tem, a par de um clima ameno, esta incomparável natureza, que é um consolo para quem se criou no amor dela". Além disso, a correspondência traz também referências a assuntos de saúde, remédios, como em outra carta da mesma época: "Como conciliar com a provada intolerância do organismo à repetição da mesma antitoxina os poucos exemplos de cura radical pela tuberculina?". Sobretudo, porém, as cartas tratam longamente de literatura, como numa em que fala de questões relativas ao verso alexandrino ou em outra em que discute a noção de clássico.

Bandeira gostava tanto de Teresópolis que continuou a freqüentar a cidade até o fim da vida. E de lá são datados numerosos poemas seus. Assim, no primeiro livro, *A cinza das horas*, poemas como "Desencanto" e "Voz de fora", entre outros, são datados respectivamente de "Teresópolis, 1912" e "Teresópolis, 1906".

Ao longo desses anos em busca de cura, vários poemas chegaram a ser publicados em jornais e revistas. Alguns nunca foram aproveitados pelo poeta em sua obra, mas outros vieram a integrar seus primeiros livros. Assim, de vez em quando saíam poemas de Bandeira nas famosas revistas cariocas *Careta* e *Fon Fon*. Na *Careta* de 3 de outubro de 1908, foi estampado o poema "Balada", que o poeta julgou por bem não retomar em seus livros. Já na revista *Fon Fon*, de 17 de julho de 1909, saiu o poema "Solau do desamado", que veio a ser incluído em *A cinza das horas*. Bandeira chegou também a publicar, por exemplo, num jornal do Ceará, na época em que por lá morou — trata-se do poema "A descer...", estampado no *Jornal do Ceará,* de Fortaleza, em 18 de março de 1908, e só muitos anos depois, em 1924, incluído, com o título modificado para "Verdes mares", na reedição de seu segundo livro, *Carnaval*. No *Jornal do Commercio*, do Rio de Janeiro, em 9 de junho de 1911, saiu o poema "A sugestão dos astros", com que Bandeira havia participado de um concurso da Academia Brasileira de Letras. Trata-se de um surpreendente e inusualmente longo poema de 119 versos, também abandonado pelo poeta, que sobre ele, muitos anos depois, escreveu, reafirmando o pouco apreço que tinha por este e por outros de seus poemas da época: "Pouco tempo depois já eu estava consciente de que os meus versos não passavam de um exercício poético, sem sombra de poesia, e onde, inegavelmente, nada havia de bonito... Nunca os exumei das páginas do *Jornal do Com-*

mercio, onde espero que para sempre durmam, ao abrigo de um possível póstero violador de sepulturas" (IP). O "póstero violador de sepulturas" (ou seja, os estudiosos da história de Bandeira) inevitavelmente se debruçará sobre todos os seus textos, pois, independentemente dos votos do poeta, eles fazem parte de sua história.

Em 1912, o pai de Bandeira fez uma longa viagem de seis meses a trabalho, com a finalidade de conhecer a organização de portos. Foi aos Estados Unidos e à Europa, visitando em especial portos ingleses e do norte da França. Foi também à Suíça, seguindo pelo Reno até Düsseldorf, na Alemanha. Essa viagem ajudou a que se consolidasse a idéia de que Bandeira deveria se tratar na Europa. Depois de muitas ponderações, em que as dificuldades financeiras tiveram grande peso, foi decidido que ele deveria de fato procurar tratar-se na Europa. Assim, em junho de 1913, partiu para o sanatório de Clavadel, perto de Davos-Platz, na Suíça. A sugestão desse sanatório fora dada por João Luso, jornalista e escritor português radicado no Brasil que se assinava com esse pseudônimo. Posteriormente Bandeira descobriu que ali, antes da existência do sanatório, estivera em 1895 o poeta português Antônio Nobre, poeta de sua predileção, a quem dedicaria o poema "A Antônio Nobre" (incluído no livro *Carnaval*).

Fez a viagem naturalmente de navio, o *Cap-Vilano,* acompanhado por Mme. Blank e suas duas filhas, Joanita e Guita, as antigas vizinhas do bairro de Santa Teresa, que, em especial Mme. Blank, seriam muito próximas de Bandeira ao longo de toda a vida. Desembarcaram no porto francês de Boulogne, daí seguindo para Paris, onde uma gripe reteve Bandeira em um quarto de hotel, na rua Balzac, perto do Arco do Triunfo, o que não lhe permitiu conhecer a cidade, a não ser através das janelas de um automóvel. Ao chegar a Clavadel, iniciava um período de quinze meses decisivos para sua saúde. Do ponto de vista literário, porém, esses quinze meses, segundo o próprio Bandeira, não tiveram qualquer importância, apesar de a eles estarem ligados os nomes de alguns poetas. O que se pode considerar de importância literária foi a reaprendizagem do alemão, que estudara nos tempos de colégio, permitindo-lhe então a leitura de poetas como Goethe, Heine, Lenau.

Um dos companheiros de sanatório era "um bonito rapaz, de grande distinção de maneiras, alto, de olhos azuis, grande cabeleira loura, gravata preta *lavallière*" (IP), isto é, uma gravata de nó bem largo. Chamava-se Paul-Eugène Grindel e tinha dezoito anos de idade. Mais tarde se tornaria grande figura da poesia francesa com o pseudônimo de Paul Éluard. Segundo Bandeira, o rapaz, naquela época, "não deixava ainda entrever as suas possibilidades" (IP), mas lhe emprestou livros de autores franceses como Charles Vildrac, André Fontainas e Paul Claudel. Em 1914, o futuro Paul Éluard publicou uma plaquete de poemas ilustrada por uma jovem russa, Diakonova, que também estava internada no sanatório e com quem viria a se casar. Essa jovem tornou-se conhecida com o nome de Gala, vindo depois a se separar de Éluard e a se casar com Salvador Dali. Todavia, foi um jovem húngaro quem mais despertou a atenção de Bandeira no sanatório de Clavadel. Chamava-se Charles Picker e era quem realmente se revelava como grande vocação para a poesia. Estava, porém, condenado pela doença.

Desse convívio em Clavadel restou, por exemplo, uma fotografia em que aparecem Bandeira, Gala e Éluard. Anos depois, Éluard enviaria a Bandeira um exemplar de um de seus livros, intitulado *À Pablo Picasso* (1945), com esta dedicatória: "A Manuel Bandeira, a meu primeiro companheiro em poesia, a seu espírito revelador, Paul Éluard". Mas de Clavadel restaram também vários poemas de Bandeira, como, "Crepúsculo do outono" e "Plenitude", ambos integrantes de seu primeiro livro, *A cinza das horas*. Quando no sanatório, pensou pela primeira vez em publicar um livro. Chegou a organizá-lo, dando-lhe o título de *Poemetos melancólicos*, e pensou em publicá-lo em Coimbra, escrevendo nesse sentido ao poeta Eugênio de Castro, de quem, porém, não recebeu resposta. No entanto, ao deixar o sanatório, aí esqueceu os originais, não lhe tendo sido possível refazer todo o livro.

Bandeira saiu do sanatório de Clavadel em outubro de 1914. Deixou a Europa pelo porto de Gênova, retornando ao Brasil no navio *Principessa Mafalda*. Essa atitude se mostrava a mais prudente, tendo em vista o início da Primeira Guerra Mundial. Ao partir, ouviu o médico-chefe dizer-lhe que tinha "lesões teoricamente incompatíveis com a vida". O médico, dr. Bodmer, fez ainda estas observações: "Mas os sintomas não correspondem a essas lesões. Você come bem, dorme bem. Não há mais bacilos... Você pode viver cinco, dez, quinze anos... Quem pode dizer?". O poeta estava melhor, mas ainda bem longe de poder ser tido como clinicamente curado.

De volta ao Rio de Janeiro, passou a morar na então rua de Copacabana, hoje avenida, e depois na rua Goulart, hoje avenida Prado Júnior, no Leme. Mesmo escrevendo com assiduidade, e ocasionalmente publicando poemas na imprensa, não se considerava poeta, o que só ocorreria alguns anos depois. Lia, porém, muita poesia: Alberto de Oliveira, Olavo Bilac, Raimundo Correia, Vicente de Carvalho, Antônio Nobre, Cesário Verde, Eugênio de Castro, Guillaume Apollinaire, Guy Charles Cros, Mac-Fionna Leod, entre outros. Também conversava muito sobre o assunto, sendo seus grandes interlocutores o pai e o tio Raimundo Carneiro de Sousa Bandeira. As condições de saúde de Bandeira possibilitaram que alguns poemas surgissem de modo bastante inusitado. O poema "Renúncia" (*A cinza das horas*) foi escrito em Teresópolis, em 1906, quando o poeta se encontrava em estado de quase delírio, com febre de 40 graus. Quando, anos depois, Bandeira relatou a Mário de Andrade as condições em que esse poema surgiu, o escritor paulista achou estranho que alguém se lembrasse de fazer um poema, um soneto, encontrando-se em tal estado. Bandeira, em nota à carta em que Mário manifestava sua estranheza, observou que não se lembrara de escrever o poema, este é que se organizara nele, "na excitação do subdelírio".

Após voltar da Europa, Bandeira continuou a acalentar a idéia de publicar um livro. Isso seria uma forma de se afirmar contra a situação de invalidez em que se encontrava, pois a doença o impossibilitava de trabalhar. Antes, porém, de o livro surgir, ocorreu a primeira das mortes que em poucos anos deixariam o poeta sem sua família: em 1916 morreu sua mãe. Em carta a um grande amigo, colega dos tempos de colégio, o filólogo Antenor Nascentes, Bandeira fez este relato: "Minha mãe expirou no dia 7, às 2.45 da madrugada. A sua morte foi muito serena, como uma luz que se apaga... A respiração foi enfraquecendo, enfraquecendo até parar. Ela passou em torpor inconsciente a véspera toda do dia em que faleceu, mas a penúltima noite foi de uma tortura atroz; ela teve sufocações terríveis. Descansou, coitada!". Quando muito mais tarde, ao escrever sobre ela, fazendo-lhe como que um retrato, acabou por aproximá-la de sua poesia:

> Notou Mário de Andrade como em minha poesia a ternura se traía quase sempre pelos diminutivos: creio que isso (em que eu não tinha reparado antes da observação de Mário) me veio dos diminutivos que minha mãe, depois que eu adoeci, punha em tudo que era meu ou para mim: "o leitinho de Nenen", "a camisinha de Nenen". Porque ela me tratava assim, mesmo depois de eu marmanjo. Enquanto vivia, foi o nome que tive em casa, que ela não podia acostumar-se com outro. Só depois que ela morreu é que passei a exigir que me chamassem — duramente — Manuel. (*Poesia e prosa*)

Logo após a morte da mãe, a família foi passar uma temporada no Hotel Bellevue, no Curvelo, como é conhecida uma parte do bairro de Santa Teresa. Essa morte ocorreu num momento em que Bandeira, de forma positiva, começava a dedicar efetivamente sua vida à literatura. No ano seguinte, 1917, publicou *A cinza das horas*. E nessa época houve um episódio que provocou o seguinte comentário de sua irmã: "Você quer penetrar na literatura brasileira via Juiz de Fora".

Em 1908, quando passou um verão em Mendes, no estado do Rio, Manuel Bandeira tornou-se amigo de

Honório Bicalho, filho de Francisco Bicalho, o construtor de Belo Horizonte e do porto do Rio de Janeiro. Por ocasião do regresso de Bandeira da Europa, Honório Bicalho passou a morar em Juiz de Fora, onde mantinha uma coluna em jornal da cidade, o *Correio de Minas*. Assim se explicam as freqüentes idas do poeta à cidade e sua colaboração nos jornais locais. Em 1917, a propósito de um hiato em um verso do poeta mineiro Mário Mendes Campos, pai do cronista e poeta Paulo Mendes Campos, Bandeira manteve uma polêmica nas páginas dos jornais de Juiz de Fora com um professor da cidade, Machado Sobrinho. A tréplica de Bandeira, que ocupou quase toda primeira página da edição do *Correio de Minas* de 15 de julho de 1917, demonstrava de forma cabal como o novo poeta já dominava as questões da arte poética. Esse jornal mineiro foi o primeiro em que Bandeira colaborou de modo sistemático. Anteriormente, excetuando-se a publicação de poemas em diversos periódicos, publicara, segundo informações do próprio poeta, apenas uma crônica no *Rio-Jornal* e o artigo "Uma questão de métrica" no *Imparcial* de 25 de dezembro de 1912. Alguns dos poemas saídos na imprensa foram aproveitados em seus livros, como os poemas "Murmúrio d'água", publicado no *Correio de Minas,* em 31 de janeiro de 1918, e incluído no livro *O ritmo dissoluto*, e "Arlequinada", publicado no mesmo jornal em 12 de fevereiro de 1918 e incluído em *Carnaval*.

Assim, Juiz de Fora acabou entrando, de várias formas, para a obra de Bandeira. Por lá, o poeta escreveu poemas, como o já referido "Arlequinada", que é datado de "Juiz de Fora, 1918". A cidade está referida em "Declaração de amor" (*Estrela da manhã*) e "Imagens de

Juiz de Fora" (*Mafuá do malungo*), sendo termo de comparação no final do poema "Mangue" (*Libertinagem*): "Linda como Juiz de Fora". Esses poemas são muito posteriores ao período em que Bandeira freqüentou a cidade pela amizade com Honório Bicalho, o que revela a persistência de seu interesse. O mesmo se dá com a crônica que publicou em jornal de Recife, *A Província*, em 4 de maio de 1929, "Juiz de Fora é a sala de visitas de Minas Gerais", crônica em que escreve entusiasmadamente sobre os encantos da cidade, em especial de seu Museu Mariano Procópio.

Quando Bandeira começou a se lançar publicamente em livro, qual era a situação da literatura brasileira? De cerca de dez anos antes datavam os últimos romances de Machado de Assis, assim como o *Canaã* de Graça Aranha e *Os sertões* de Euclides da Cunha. Coelho Neto, Rui Barbosa e Olavo Bilac ainda estavam em atividade. Mas já de 1915 é *O triste fim de Policarpo Quaresma*, de Lima Barreto. Em 1917, Mário de Andrade publicou *Há uma gota de sangue em cada poema*. E no ano anterior Oswald de Andrade começara a escrever as *Memórias sentimentais de João Miramar*. Assim, dentro desse quadro em que ainda atuavam escritores ligados a tendências que logo dariam lugar a novos rumos, Bandeira, em 1917, reuniu poemas que escrevera nos últimos dez anos e publicou, por conta própria, ao custo de 300 mil réis, e em pequena tiragem, de apenas 200 exemplares, o livro *A cinza das horas*. A publicação se fez "ainda que sem intenção de começar carreira literária: desejava apenas dar-me a ilusão de não viver inteiramente ocioso" (IP).

Bandeira se ocupou de todas as tarefas ligadas à publicação do livro, inclusive sua distribuição. Diante das dificuldades que encontrava, pensou em talvez diminuí-las apresentando-se como editor. E assim, não só se ocupou dos trabalhos de edição da novela *Na vida*, de seu amigo Honório Bicalho (publicada, porém, sob o pseudônimo Rufino Fialho), como no livro havia a indicação: Manuel Bandeira, Editor. O empreendimento acabou por desanimar o poeta.

Seu próprio livro teve pouca repercussão, merecendo, porém, alguns artigos na imprensa: de Flexa Ribeiro em *A Notícia*; de Leal de Sousa na revista *Careta*; de Américo Facó na revista *Fon Fon*; de Castro Meneses no *Jornal do Commercio*. Todavia, com o título "Poesia nova", saiu no jornal *O Imparcial*, em 23 de julho de 1917, um artigo bastante elogioso de João Ribeiro, crítico de grande influência na época e que viria a ter posição muito receptiva em relação ao modernismo. O texto começava com estas palavras: "Eis aqui um excelente e verdadeiro poeta". A seguir dizia: "*A cinza das horas*, pequenino volume, é, neste momento, um grande livro. [...] Com *A cinza das horas*, Manuel Bandeira criou um nome que, dentro em pouco, será popular na sua pátria". De fato, a acuidade do crítico veio a se mostrar certeira.

4

Dois anos após o primeiro livro, Bandeira publicaria o segundo, *Carnaval*, em 1919, numa edição com tiragem de trezentos exemplares também custeada por ele, ou mais precisamente, por seu pai. O livro recebeu críticas tanto positivas quanto negativas. Entre estas últimas, algumas ficavam simplesmente no nível do deboche, como, segundo o próprio poeta, uma breve nota na *Revista do Brasil* que fez este comentário, referindo-se aos versos iniciais do primeiro poema do livro, "Bacanal": "O Sr. Manuel Bandeira inicia o seu livro com o seguinte verso: 'Quero beber! Cantar asneiras...'. Pois conseguiu plenamente o que desejava". Sobre ele escreveram ainda João Ribeiro (*O Imparcial*, 15 de dezembro de 1919) e José Oiticica ("Crônica literária — *Carnaval*", em *A Rua*, 29 de dezembro de 1919). Mas em *O Jornal* de 7 de junho de 1920, um crítico como Alceu Amoroso Lima escreveu um artigo sob o título "Um precursor", em que ao lado das vinculações simbolistas do livro, apontava seus aspectos pessoais e inovadores: "É um aristocrata da sensação. Com medo da amplificação, o horror ao sentimentalismo e o desdém da vulgaridade, faz da sua arte uma túnica alegórica e sutil, não isenta de pedantismo ou de artifício, com que veste a sua emoção".

Se o primeiro dos livros foi precedido pela morte da mãe, o segundo não seria visto pela irmã, Maria Cândida de Sousa Bandeira, que morreu em 1918, na epidemia de gripe, a chamada gripe espanhola, provocada por um vírus altamente letal. Nessa época, foram registradas no Rio de Janeiro cerca de 15 mil mortes. As cidades ficaram vazias, não havia pessoas para trabalhar. O pior de tudo é que não havia pessoas para cuidar dos doentes, porque a maioria estava doente, assim como não havia pessoas suficientes para trabalhar nos cemitérios, nem para fazer o número necessário de caixões. Muitas famílias deixavam seus mortos nas ruas, e era comum os bondes transitarem com cadáveres. O presidente da república reeleito, Rodrigues Alves, adoeceu e nem chegou a tomar posse, pois morreu em conseqüência da gripe no início de 1919. O número de mortes no mundo é estimado em cerca de 20 milhões de pessoas. Em meio a essa situação trágica, a morte da irmã foi particularmente dolorosa para Bandeira, que sempre a tivera a seu lado nos momentos difíceis de sua longa doença. Mas logo a seguir ele ainda sofreria outros golpes.

Antes do terceiro livro, perderia o pai, em 1920, e o irmão, em 1922.

Com as mortes dos pais e irmãos, Bandeira ficara sozinho, sem família, com saúde precária, com pouco dinheiro e sem condições de trabalhar regularmente. Quando da morte da irmã, o pai de Bandeira, antigo engenheiro do Ministério da Viação e Obras Públicas, conseguiu transferir para o filho, pois a lei o permitia, o direito de receber uma pensão mensal, na condição de "filho maior inválido". Durante anos Bandeira sobreviveu com essa pensão, no valor de 500 mil-réis, uma quantia muito modesta, a que acrescentava algum dinheiro resultante de trabalhos como colaboração na imprensa e traduções. Pago o aluguel, de 300 mil-réis, pouco sobrava. Mas o poeta conseguia ainda um rendimento extra de 200 mil-réis, sublocando um dos quartos da casa em que morava. Numa carta a Carlos Drummond de Andrade, de 1926, Bandeira desabafava: "Ando numa miséria tão safada que preciso defender os tostões pra comer!".

Após a morte da irmã, Bandeira e seu pai (o irmão de Bandeira, já casado, não morava mais com eles) permaneceram ainda por algum tempo no Leme, na rua

Goulart. Sentiam falta, porém, de Santa Teresa, para onde se mudaram, indo ocupar uma pequena casa na rua do Triunfo.

Antes, porém, da mudança para Santa Teresa, Bandeira conheceu em 1918 Ribeiro Couto, que viria a ser seu grande amigo; de certo modo foi também seu elo de ligação com o meio intelectual carioca que se interessava pelas novidades do modernismo. Assim, foi por intermédio de Couto que Bandeira conheceu Raul de Leoni, Rodrigo Melo Franco de Andrade, Di Cavalcanti, Mário de Andrade, Álvaro Moreyra e Ronald de Carvalho. Couto relatou em detalhe como conheceu Bandeira. Jovem escritor, recém-chegado ao Rio de Janeiro, ao ver o livro de Rufino Fialho e observar a menção a Manuel Bandeira como editor, julgou que o poeta fosse de fato editor e que um poeta-editor teria mais atenção com seu trabalho do que um editor qualquer. Couto trabalhava na redação de *A Época*, de que era secretário de redação Afonso Lopes de Almeida. Este, sabendo que Couto fazia poesia, ofereceu-se para apresentá-lo a Bandeira. Couto então tomou conhecimento de que aquela menção a Bandeira como editor era uma brincadeira. De qualquer modo, um dia foi levado por Afonso Lopes de Almeida à casa do autor de *A cinza das horas*. Sobre essa primeira visita, escreveu um relato em que ainda faz um retrato de Bandeira: "Ainda sinto o alvoroço secreto com que me vi diante daquele rapaz anguloso e o espanto que me causaram os seus acessos de riso jovial, entremeados de acessos de tosse! A seu lado, o velho engenheiro Manuel Carneiro de Sousa Bandeira, de quem o poeta não herdou apenas a inteligência e o caráter, mas ainda a graça do convívio, tinha para com o filho atenções delicadas, ternuras de enfermeira, com um olhar claro que seduzia pela bondade".

Depois da morte do pai, o poeta passou a morar na rua do Curvelo (hoje, Dias de Barros), primeiro no número 53 e depois no 51, no bairro de Santa Teresa. Aí viveu durante treze anos. Morou a seguir na rua Morais e Vale, na Lapa, onde ficou por nove anos; na praia do Flamengo, n. 122, no edifício Maximus, por dois anos; e na avenida Beira-Mar, n. 406, no edifício São Miguel, onde ocupou primeiro o apartamento 409 e depois o 806, até o fim de sua vida. Pouco tempo antes de morrer comprou uma casa de veraneio em Teresópolis, a primeira e única de sua propriedade. Tinha dois quartos, duas salas, varanda, jardim, de que o poeta cuidava. Todas as moradias anteriores eram pequenas, não só pelo fato de o poeta ser sozinho, mas também por não ter dinheiro para aluguéis mais caros. Há uma carta em que ele fala do apartamento no Flamengo: "Tenho uma saleta, quarto de dormir, sala de banho e kitchenette (que é como se chama agora um metro quadrado de cozinha)".

Esses vários locais de residência tiveram grande importância para o poeta. Transpareceram em vários momentos de sua obra. No *Itinerário de Pasárgada*, é referido o "elemento de humilde cotidiano" que passou a surgir em sua poesia e que ele atribuía, não a uma intenção modernista, mas à sua vida na rua do Curvelo. Foi aí que se aprofundou a amizade com Ribeiro Couto, seu vizinho de rua. Couto morava numa pensão onde também fazia as refeições. Para ajudar Bandeira, sempre com dificuldades de dinheiro, convenceu a proprietária da pensão, dona Sara, a aceitar que o amigo também fizesse lá as refeições, embora normalmente ela só as servisse para quem era hóspede. Foi ainda por intermédio dessa grande amizade que Bandeira se aproximou também, além dos nomes já mencionados, de Jaime Ovalle, Dante Milano, Sérgio Buarque de Holanda, Prudente de Morais Neto. A convivência com todas essas figuras tinha naturalmente interesse intelectual, mas, em termos mais pessoais, no nível apenas da amizade, ajudava a afastar Bandeira da solidão. Ao contrário, porém, de vários desses amigos, Bandeira nunca foi propriamente um boêmio. Continuava a cuidar de sua saúde. Passou a sair à noite e a se encontrar com os amigos nos bares e restaurantes, em especial o conhecido Restaurante Reis, mas pouco bebia e recolhia-se cedo, mantendo o repouso que observava desde o início da doença.

Em meio a esse convívio, Bandeira conheceu Mário de Andrade numa visita deste ao Rio de Janeiro em 1921. O encontro se deu em casa de Ronald de Carvalho, no Largo dos Leões, que fica no bairro de Botafogo. Estavam também presentes Oswald de Andrade, Sérgio Buarque de Holanda, Austregésilo de Ataíde e Osvaldo Orico, e na ocasião Mário leu alguns poemas seus. Em 1922, teve início a correspondência entre Bandeira e Mário, que só se encerrou em 1945, com a morte do último. Nessas cartas—"pensamenteadas", no dizer de Mário—um comentava a produção do outro, além de trocarem idéias sobre literatura, sobre música, sobre a vida. Trata-se de um dos conjuntos de cartas mais importantes da história literária brasileira, fonte indispensável para conhecimento não só das obras dos dois escritores, mas do próprio período em que as produziram. As cartas revelam também a grande amizade entre os dois, que se encontravam vez ou outra seja em São

Paulo, seja no Rio de Janeiro, e até mesmo no acaso de uma viagem ao Nordeste. Assim, pouco depois de se conhecerem, numa ida de Mário ao Rio, foram jantar juntos. Bandeira, numa carta de 8 de julho de 1925 para Joanita Blank, conta um pouco do encontro: "Ontem jantei com Mário no Cristal (*grappe-fruit*, deliciosa pescadinha cozida e *mille-feuilles*) e depois fomos ouvir os americaninhos do Yale Glee Club, um coral magnífico. Cantaram *Negro Spirituals*, canções de estudantes, cânticos religiosos e três coisas muito bonitas de Vila-Lobos".

Ao mesmo tempo, Bandeira passou também a colaborar nas publicações dos modernistas paulistas, como a *Klaxon*, surgida em maio de 1922. Por exemplo, no número três dessa revista, de julho de 1922, publicou "Bonheur Lyrique", poema em francês depois incluído em seu livro *Libertinagem*. Todavia, em fevereiro de 1922, quando da realização da Semana de Arte Moderna, Manuel Bandeira não quis ir a São Paulo para participar do acontecimento, tal como seu amigo Ribeiro Couto. Bandeira veio a justificar essa atitude, dizendo que nunca fora contra os mestres parnasianos ou simbolistas, nem contra o soneto ou os versos metrificados e rimados. Bandeira reconheceria também que o movimento a ele nada devia, sendo ele, ao contrário, que muito devia ao movimento, como o conhecimento da arte de vanguarda européia (IP). É claro que há uma parcela de exagero nessas declarações, que não correspondem por inteiro à realidade, pois o modernismo, no mínimo, deve a Bandeira não só uma de suas obras mais importantes, mas também uma intensa atuação, por meio de seus artigos e estudos, que contribui para a divulgação e discussão das novas idéias estéticas.

Se o poeta, porém, esteve ausente, sua poesia esteve presente. O poema "Os sapos" foi declamado por Ronald de Carvalho no Teatro Municipal de São Paulo, em meio a grande alvoroço da platéia. Além disso, foi cantado o poema "Debussy", posto em música por Villa-Lobos, com o título "O novelozinho de linha".

Alguns meses depois da Semana, Bandeira acabou indo a São Paulo, onde conheceu Paulo Prado, Couto de Barros, Tácito de Almeida, Menotti del Picchia, Luís Aranha, Rubens Borba de Morais, Yan de Almeida Prado: "Reuniam-se eles todas as tardes numa casa de chá da rua Barão de Itapetininga, onde estive um dia, encantado de ver a camaradagem, o bom humor, o entusiasmo que reinava no grupo" (IP). Existe uma fotografia muito conhecida tirada na época dessa ida de Bandeira a São Paulo, por ocasião de um almoço no Hotel Terminus; nela aparecem, entre outros, Oswald de Andrade, Mário de Andrade, Graça Aranha, Rubens Borba de Morais, Luís Aranha, Couto de Barros, Paulo Prado.

Definitivamente ligado ao modernismo, Bandeira confessaria mais tarde que seu envolvimento sempre se marcou por uma visão crítica e até mesmo por reticências. Assim, foi contra a homenagem que *Klaxon* (no número 8/9, dezembro de 22/janeiro de 23) prestou a Graça Aranha. Não que não o admirasse, mas julgava que a homenagem o colocaria em posição de chefe do movimento, o que não correspondia à realidade. A previsão de Bandeira se concretizou, e só depois de vários anos desfez-se a equivocada idéia geral de que os modernistas eram discípulos de Graça Aranha.

Dois anos depois da semana, em 1924, Bandeira publicou o volume *Poesias*, em que reunia os dois primeiros livros e mais um novo, *O ritmo dissoluto*. Por intermédio de Ribeiro Couto o livro havia chegado às mãos de Monteiro Lobato, que se comprometera a publicá-lo em sua editora, a Monteiro Lobato & Cia. No entanto, provavelmente pela má situação da editora, que logo veio a falir, a publicação não se concretizou. O livro foi então editado, por influência de Goulart de Andrade, pela *Revista de Língua Portuguesa*, dirigida por Laudelino Freire. Ocorre que Goulart de Andrade, a quem o livro fora apresentado, mais uma vez, por Couto, era justamente o poeta parnasiano satirizado por Bandeira em seu poema "Os sapos". Apesar das divergências literárias — e Laudelino Freire também era conservador em termos literários —, tanto Goulart de Andrade se empenhou pela publicação, quanto Laudelino Freire a aceitou sem maiores problemas.

Em fins de 1925, início de 1926, Bandeira colaborou também com textos para a série "Mês modernista", um espaço aberto pelo jornal *A Noite*, do Rio de Janeiro, que se dispôs a publicar, por um mês, textos modernistas. Mário de Andrade organizou a colaboração, que, além dele próprio, contou com Manuel Bandeira, Carlos Drummond de Andrade, Sérgio Milliet, Prudente de Morais Neto, Martins de Almeida. Bandeira relutou, pois acreditava que iriam ser expostos como coisa exótica. Acabou aceitando, diante da insistência de Mário, e colaborou com pontualidade. Sua colaboração, no entanto, foi uma verdadeira brincadeira a que o poeta se entregou: "Não levei muito a sério o 'Mês modernista': o que fiz foi me divertir ganhando cinqüenta mil-réis por semana, o primeiro dinheiro que me rendeu a literatura" (IP). A colaboração de Bandeira em 16 de dezembro intitulava-se "Duas traduções para moderno acompanhadas de comentários". Esse trabalho consistia numa tradução de textos escritos num português mais convencional para um português mais livre, ou seja, numa adaptação de textos da tradição literária para uma forma modernista. A primeira tradução é de um soneto de Bocage, "Se é doce o recente ameno estio", que só foi publicada muito mais tarde no volume de crônicas *Andorinha, andorinha;* a segunda tradução é de "O adeus de Teresa", de Castro Alves, que Bandeira incluiu em seu livro *Libertinagem*. Em 23 de dezembro de 1925, publicou o poema "Cidade Nova", que com o título "Mangue" passou depois a fazer parte de *Libertinagem*. Em 31 de dezembro, sob o título "Bife à moda da casa", publicou os poemas "Lenda Brasileira" e "Poema tirado de uma notícia de jornal", que entraram depois em *Libertinagem*; "Trecho de romance", que com o título "Conto cruel" entrou em *Estrela da manhã*; "Sonho de uma noite de coca", que foi incluído em *Mafuá do malungo*; "Dialeto brasileiro", que entrou em *Andorinha, andorinha*; "Estilo" e "História literária", que nunca mais tiveram reprodução. Finalmente, em 7 de janeiro de 1926, Bandeira publicou "Tradução pra caçanje precedida de comentários", colaboração também não aproveitada posteriormente e na qual traduz, ou seja, adapta, um trecho do poema "A nebulosa" de Joaquim Manuel de Macedo, precedida de comentários que expõem preceitos do modernismo em termos de língua: "Eu, que então andava aprendendo com o Dr. Silva Ramos a arte degradante de colocar os pronomes, senti uma confusão danada. Todas as minhas idéias puristas se atrapalharam. De deveras o mestre depôs ali em minha imaginação infantil o gérmen de todas as barbáries futuras e futuristas. Mas eu não tinha nem força nem lucidez para pensar, como penso hoje, que é bobagem chamar de errada a linguagem de que espontaneamente se serve a gente bem educada de um país. É caçanje começar a oração com pronome oblíquo? Usar impessoalmente o verbo 'ter'? Então o caçanje é o idioma nacional dos brasileiros". Com humor, Bandeira defende uma língua caçanje (termo que em Angola designava uma forma local do português), ou seja, uma língua que incorpore certos fatos não previstos pelas normas, um "português errado". A proposta bem humorada na verdade correspondia a uma efetiva experiência modernista.

O receio de Bandeira em relação ao "Mês modernista" não era inteiramente injustificado. A maneira nada precisa como o movimento era encarado fica bem clara em uma nota de Drummond para uma carta de Mário que trata do episódio: "O jornal anunciou a publicação de 'O mês futurista'. Nenhum de nós era futurista, e MA protestou. O título mudou para 'O mês modernista que ia ser futurista'. Novo e decidido protesto do escritor obrigou *A Noite*, daí por diante, a adotar o título de 'O mês modernista'." Esse tipo de incompreensão era corrente. Assim, em 22 de julho de 1922, na revista *Careta*, saiu um artigo de Lima Barreto em que se lêem os seguintes trechos:

> São Paulo tem a virtude de descobrir o mel do pau em ninho de coruja. De quando em quando, ele nos manda umas novidades velhas de quarenta anos. Agora, por intermédio do meu simpático amigo Sérgio Buarque

de Holanda, quer nos impingir como descoberta dele, S. Paulo, o tal de "Futurismo".

...

O que há de azedume neste artiguete não representa nenhuma hostilidade aos moços que fundaram a *Klaxon*; mas sim, a manifestação da minha sincera antipatia contra o grotesco "Futurismo", que no fundo não é senão brutalidade, grosseria e escatologia, sobretudo esta.

No número de setembro da *Klaxon* apareceu uma resposta não assinada, extremamente irônica, debochada mesmo, provavelmente de autoria de Mário de Andrade.

A propósito de situações semelhantes, Bandeira veio a comentar: "Por essas e outras brincadeiras estamos agora pagando caro, porque o 'espírito de piada', o 'poema-piada' são tidos hoje por característica precípua do modernismo, como se toda a obra de Murilo, de Mário de Andrade, de Carlos Drummond de Andrade e outros, eu inclusive, não passasse de um chorrilho de piadas". (IP). Mais adiante, porém, fez uma ressalva, completando: "E por que essa condenação da piada, como se a vida só fosse feita de momentos graves ou se só nestes houvesse teor poético?".

Durante todo esse período Bandeira continuou colaborando em diversos periódicos, em alguns deles de forma regular, escrevendo principalmente sobre música em revistas como *Ariel*, *Brasil Musical*, *A Idéia Ilustrada*, mas publicando poemas, crítica literária e crônicas em vários outros periódicos, como *Árvore Nova*, *Souza Cruz*, *Revista do Brasil*, *Para Todos*. Em várias oportunidades, Bandeira deixou clara a motivação desse seu trabalho: a necessidade de ganhar dinheiro. No entanto, o conjunto desses textos é muito importante, não só como documentos que registram parte da história cultural da época, mas também por revelarem o desenvolvimento das concepções de Bandeira.

Em inícios de 1924, Bandeira tinha ido visitar Ribeiro Couto, que trabalhava como delegado de polícia em São Bento de Sapucaí, cidade vizinha de Campos de Jordão, onde morava na Vila Abernéssia, numa rua chamada rua do Sapo. E assim retratou o local: "Tristíssima era a Vila Abernéssia debaixo de chuva, sobretudo no chalezinho da rua do Sapo, entre choças de lavadeiras e soldados do destacamento! Tristíssima, com as pobres ruas lamacentas povoadas de telhados vermelhos ou de folha de zinco, as pobres ruas que, de suas cadeiras de lona, na sala de jantar das pequenas pensões, os doentes olham com inveja, quando vêem passar os saudáveis caboclos do Baú, que trazem à vila o mantimento e a lenha". E ainda relata que foi ali que Bandeira conheceu a preta Balbina, sua cozinheira, que lhe ensinou a expressão "Cussarui", sinônimo de diabo, e que ele iria usar em seu poema "Berimbau", de *O ritmo dissoluto*. Couto estava ali, não só pelo trabalho, mas sobretudo em busca de melhores climas porque também ele tivera uma hemoptise, isto é, um problema pulmonar. Bandeira ficou por lá cerca de um mês, entre janeiro e fevereiro.

Dois anos depois, em janeiro de 1926, Bandeira foi a Pouso Alto, Minas Gerais. Foi também descansar uns tempos na casa de Ribeiro Couto, que nessa época era promotor nessa cidade mineira. Certo dia passou por lá Carlos Drummond de Andrade, para "um jantar entre dois trens", como relatou o próprio poeta mineiro. Conheceram-se então pessoalmente o autor de *A cinza das horas* e o futuro autor de *Alguma poesia*, pois por carta já se conheciam há alguns anos. Em carta a Mário de Andrade, Bandeira assim se referiu a Drummond: "O Drummond jantou aqui conosco. Feinho pra burro. Implicantinho. A gente não faz fé. Couto deu uma esfrega de verve nele. Afinal já no trole a caminho da estação ele riu. Uma semana depois ele escreveu de Belo Horizonte se rindo muito e mandando quatro poemetos, três do quais deliciosos, perfeitos, definitivos". Drummond, por sua vez, também relatou o episódio em carta a Mário de Andrade: "Que jantarzinho agradável foi esse, e que pena você não estar presente! Falamos um pouco de tudo e não chegamos a acordo sobre nada. Gostei muito deles dois, se bem que achasse o Ribeiro Couto mais expansivo que o Manuel. Este último é assim mesmo? Porém mesmo assim gostei muito dele. São dois camaradões, não há dúvida".

Sobre a viagem de volta de Pouso Alto para o Rio de Janeiro, existe também uma carta saborosíssima de Bandeira para Joanita Blank, datada de 11 de fevereiro de 1926:

> Pois, minha gente, foi uma expedição! Primeiro pra começar, a estrada de Pouso Alto para a estação estava se consertando, de sorte que não passava nem automóvel nem charrete. À vista do que tivemos que ir... de carro de boi! Dois caixões com uma manta por cima e nos instalamos eu, a Menina [mulher de Ribeiro Couto] e o Couto e levamos uma hora pra chegar — uma coisa que o automóvel faz em 10 minutos. [...] O carro ia cantando, o crepúsculo estava estupendo e o Couto (que raspou a cabeça à máquina! Está agora completo!)

me disse: "Você Manuelzinho, nunca pensou que havia de ter a honra de viajar em cima de um órgão!".

Chegados na estação soubemos que o trenzinho vinha com um atraso de 2 horas. Apenas. Ficamos lá como almas penadas [...]Chegamos a Cruzeiro à meia-noite. Ficar em Cruzeiro, para estranhar a cama, não dormir e no dia seguinte viajar de dia, que me cansa tanto? Pois sim! Comprei passagem no noturno, sem cama. Chegou o trem com meia hora de atraso. COMPLETAMENTE CHEIO. O Couto quis me reter. Eu arrisquei viajar em pé. Tive sorte. Logo que o trem partiu, passou o chefe do trem e eu, com o meu arzinho mais corruptor, perguntei se não podia se dar um jeito pra me arranjar cama. [...]Não dormi mas fiz melhor: ouvi durante toda a noite o poema futurista "Petreque-petreque! Petreque-petreque! Túnel! Petreque-petreque. Pontilhão! Petreque-petreque — fiiiiiiiii...u! Parada. A lanterninha do vigia. Uma voz no meio da noite. Etc.

Além da narrativa cativante, esse trecho de carta interessa por diversos motivos. Em primeiro lugar, é um retrato minucioso do que poderia ser uma viagem naquela época. Além disso, a brincadeira do poema futurista pode ser vista como algo que vai além de uma simples brincadeira: é um exemplo da atenção de Bandeira à realidade mais imediata e de sua permanente capacidade de atrelá-la à criação literária.

Na seqüência das viagens, Bandeira, entre janeiro e março de 1927, percorre o Nordeste a serviço de uma empresa jornalística, a Agência Brasileira, para a qual iria escolher representantes locais. Viajando de navio, passou por Salvador, Cabedelo, Recife, João Pessoa (que à época ainda se chamava Paraíba), Natal, Fortaleza, São Luís e Belém. De Salvador escreveu para Mário de Andrade em 18 de janeiro: "Mário estou apaixonadíssimo pela Bahia! É uma terra estupenda. A CIDADE BRASILEIRA. Centenas centenas centenas de baitas sobradões de 4 andares e sotéia. Se eu pudesse levava um pra mim outro pra você". Durante a viagem Bandeira escreveu um artigo sobre um livro de Mário, *Amar, verbo intransitivo*, artigo que foi publicado numa revista de Belém, *A Semana*, em 23 de março. Essa e outras viagens em muito contribuíram para o abrasileiramento de sua visão literária e foram, assim, de grande importância para o desenvolvimento de sua obra, bem dentro da proposição de Mário que em carta insistia com Drummond: "Enquanto o brasileiro não se abrasileirar, é um selvagem".

Em dezembro de 1927, Bandeira viajou a São Paulo. Em companhia de Mário de Andrade, Oswald de Andrade, Ascenso Ferreira e do pianista Sousa Lima, foi até a fazenda de Tarsila do Amaral, chamada Santa Teresa do Alto. Da ida à fazenda, restou o registro de uma fotografia em que aparecem Bandeira, Ascenso e Mário. Mas ficaram também alguns comentários, como o de Mário em carta para Bandeira de 5 de janeiro de 1928, que expõe um aspecto não revelado pela clima de camaradagem da foto: "Quanto ao Ascenso você tem perfeitamente razão: é o indivíduo mais fatigante deste mundo. A culpa não é dele coitado mas quando perde aquele jeito ingênuo e matutão que é tão gostoso, fica besta duma vez. E o que é pior duma bestice irritante".

Em fins de fevereiro de 1928, Bandeira foi a Minas Gerais. Passou por Belo Horizonte, Ouro Preto, Congonhas e São João del Rei. Sobre essa viagem fez comentários em carta para Mário datada de Pouso Alto, 5 de abril de 1928: "A minha viagem pelas velhas cidades mineiras me deixou maravilhado. Hei de voltar com vagar a Ouro Preto e São João del Rei — Deus permita! — para rever e contemplar à vontade toda aquela beleza que tive de ver de carreira, porque o cobre era pouco, e além disso eu não podia roer a corda ao Ribeiro Couto, a quem prometera passar um mês aqui". Em meados de março, tinha chegado a Pouso Alto, onde ficou com Ribeiro Couto até abril. Couto falou sobre essa ida de Bandeira a Pouso Alto e sobre a anterior: "Manuel conheceu o ribeirão Pouso Alto, cujos lambaris é tão grato pescar no cair das tardes. Por duas vezes, no verão, ali foi ver-me, e não sem certo espanto pelo real promotor que nunca pensara pudesse existir em mim. (Balbina tivera razão de dizer: 'Seu doutor tem outro dentro!')". Também essa observação de Balbina foi mais tarde empregada por Bandeira numa de suas crônicas.

Na capital mineira, Bandeira reencontrou Drummond. Em casa de Afonso Arinos de Melo Franco, reuniram-se para conhecer o autor de *Carnaval*, João Alphonsus, Pedro Nava, Martins de Almeida, Abgar Renault, Emílio Moura. Tratou-se de um verdadeiro encontro com o modernismo mineiro, com "boas e plácidas deambulações pela avenida Afonso Pena, à noite, caras à índole dialogal do mineiro", conforme disse Drummond.

Ainda em 1928, em novembro, Bandeira viajou a Recife por cerca de um mês. Viajou como fiscal de bancas examinadoras de preparatórios, por iniciativa de Gilberto Freyre, em casa de quem se hospedou. Por essa época, Mário de Andrade também foi ao Nordeste.

Em carta escrita de Natal, de 1º de janeiro de 1929, dizia a Bandeira: "Bom dia e boas-festas. Ando catimbosando, ouvindo coco, vendo 'baiano', Boi, colhendo Congo, talvez amanhã colherei Fandango também inteirinho apesar das dificuldades já colhi umas 150 melodias. Estou fazendo aliás observações bem interessantes sobre a maneira de cantar da gente de cá". Bandeira não tinha o projeto de trabalho de Mário, preocupado com música, folclore. Mas tinha interesses próprios, fosse por saudosismo, fosse por curiosidade intelectual, como relatou Gilberto Freyre: "Ele voltava uma vez para casa, tarde da noite, com um amigo, quando se encontrou com um maracatu. [...] Não me lembro qual era. Sei que vinha por Cruz das Almas, levantando um desadoro de poeira. [...] Manuel Bandeira ficou numa grande alegria e nem ligou a poeira que a negrada do maracatu levantava com suas danças na areia seca de Cruz das Almas. Ele não queria deixar o Recife sem ver um maracatu".

Gilberto Freyre ainda relatou pelo menos um outro episódio. E se trata de um episódio de grande interesse, pois consistiu em um encontro de três grandes nomes da cultura brasileira. Encontraram-se em Recife Bandeira, Mário e Gilberto Freyre:

> Já o passeio de lancha que fizeram juntos uma tarde, pelo Capibaribe, Manuel Bandeira, Mário de Andrade e eu, não teve o mesmo gosto de reconciliação dramática do poeta com o seu meio de menino, que o instante em que ele se encontrou tarde da noite com o maracatu. O gosto do Capibaribe lhe tinha ficado mais vivo nos olhos que o do maracatu nos ouvidos. Não tinha havido afastamento tão profundo.

Todo o tempo que a lancha levou subindo o rio, até Caxangá, pensei em Manuel Bandeira, através de sua "Evocação do Recife". E pensei no Recife de há 30 anos, de há 40, de há 50, de há 100, em todos os Recifes que o rio viu nascer e morrer; em todos os Recifes que estão no poema de Manuel Bandeira. Aquele rio, aquela terra, aquela cidade, aquele poeta magro dentro da mesma lancha comigo e com Mário de Andrade, estavam ligados para sempre.

A amizade de Bandeira com Gilberto Freyre talvez não tenha resultado no diálogo tão intenso e freqüente quanto aquele com Mário, mas foi de grande importância para ambos. Alguns episódios, para além dos já referidos, revelam essa importância. Assim, um dos poemas mais significativos do Bandeira modernista, "Evocação do Recife", foi escrito a instância de Gilberto Freyre. Para uma edição especial, comemorativa do centenário do *Diário de Pernambuco*, Gilberto Freyre pediu a Bandeira um poema sobre Recife, que veio a resultar em "Evocação do Recife". Bandeira por sua vez ajudou Gilberto Freyre em *Casa grande e senzala*, tanto fornecendo informações e referências bibliográficas, quanto na revisão dos originais do livro. Bandeira ainda referiu que "Gilberto Freyre me iniciou nos poetas ingleses e norte-americanos — Robert e Elisabeth Browning, Amy Lowell e os imagistas". Em uma carta para Gilberto Freyre, 4 de junho de 1927, Bandeira mencionou uma antologia de Gilberto que estava com ele e com a qual ainda iria ficar mais alguns dias "para travar relações com os irmãozinhos de língua inglesa".

Pouco antes da viagem a Recife, em 19 de agosto de 1928, a convite também de Gilberto Freyre, Bandeira começara a escrever regularmente para um jornal de Recife, *A Província*, o que fez até outubro de 1930. O resultado dessa colaboração foi um conjunto de crônicas de grande interesse, que vieram a confirmar o poeta também como um importante prosador. Várias dessas crônicas viriam a fazer parte, anos depois, em 1937, de seu primeiro livro de prosa, o *Crônicas da província do Brasi*l, de que faziam parte também textos escritos para outros periódicos, como o *Diário Nacional*, de São Paulo. Para este, Bandeira, a convite de Mário de Andrade, também escreveu crônicas regularmente a partir de 10 de maio de 1930 até meados do ano seguinte. Nesse conjunto de colaborações, estão textos de grande importância sobre a cultura brasileira — sobre autores modernistas que estavam surgindo, como Drummond e Murilo Mendes; sobre questões relativas a arquitetura e urbanismo; ou sobre o patrimônio histórico das cidades coloniais.

Além desse tipo de atuação na imprensa, Bandeira, no correr da década de 1920, já participara ativamente do desenrolar do movimento modernista, sobretudo ao publicar em suas revistas. Vários poemas que Bandeira escreveu essa época foram publicados em revistas ligadas ao movimento, como *Estética*, *Terra Roxa*, *A Revista*, *Revista de Antropofagia*, *Klaxon*. Por fim, em 1930, Bandeira publicou seu livro de poemas efetivamente modernista, *Libertinagem*. Saindo numa edição de quinhentos exemplares, também custeada pelo autor, o livro teve logo reconhecida sua importância. A seu propósito Mário de Andrade escreveu em artigo, posteriormente incluído em seu livro *Aspectos da literatura brasileira*: "*Libertinagem* é um livro de cristalização. Não da poesia de Manuel Bandeira, pois que este livro confirma a grandeza dum dos nossos maiores poetas, mas da psicologia dele. É o livro mais indivíduo Manuel Bandeira de quantos o poeta já publicou. Aliás também nunca ele atingiu com tanta nitidez os seus ideais estéticos, como na confissão de agora: 'Estou farto do lirismo comedido / Do lirismo bem comportado... / [...] / —Não quero mais saber do lirismo que não é libertação'." Pouco depois, o crítico português Adolfo Casais Monteiro escreveria: "Este pequenino livro de versos, *Libertinagem*, contém mais poesia do que os anteriores todos juntos; e não será ousado considerá-lo o mais rico de todos os livros 'modernistas'—pois há nele, pode dizer-se, tudo o que de mais rico essa fase da poesia brasileira nos deu". De fato, o verso citado por Mário— "Não quero mais saber do lirismo que não é libertação" —ficaria como emblema de toda uma postura modernista, de libertação das formas, dos temas, da linguagem. E *Libertinagem* se tornaria um dos pontos altos não só do modernismo, mas da literatura brasileira.

5

Quando da viagem ao nordeste em 1927, Mário de Andrade perguntou a Bandeira sobre a casa em que morava, se a havia deixado, já que ficara ausente por alguns meses. Bandeira respondeu dizendo que a alugara a uma família gaúcha por dois ou três meses, e comentou: "Aquela eu não largo, só morrendo ou ela caindo (não falta muito) ou o sacana do senhorio aumentando o aluguel". O fato é que alguns anos depois, em 1933,

Bandeira acabou deixando a casa da rua do Curvelo, no bairro de Santa Teresa, e se mudou para a rua Morais e Vale. Na época escreveu a Drummond: "Fica essa rua na Lapa, a Lapa dos Carmelitas e das prostitutas. Na verdade não é rua, senão beco, e nela vem morrer o outro beco, o Beco dos Carmelitas, o beco famoso, onde não há homem no Rio que não tivesse pago o tributo à Vênus Vulgívaga. Enfim — o 'Beco'". Esses tempos de residência na Lapa, com suas ruas e becos tortuosos e sujos, propiciaram essa poderosa imagem do beco, recorrente em sua poesia, essa imagem que evoca sentimentos de impasse, impotência, desalento. No beco cabem, concentradamente, todos esses sentimentos, como ocorre no "Poema do beco" (que seria incluído no livro *Estrela da manhã*).

Com as imposições da doença, Bandeira levava uma vida com certas restrições, que não o impediam, porém, de ter uma vida social. Assim, evitava o sol do meio do dia, só saindo de casa ao final da tarde, quando então descia geralmente para o centro da cidade, onde sempre o esperavam alguns compromissos — encontros com amigos, lançamentos de livro, exposições, concertos (era freqüentador habitual das salas de concerto, como o Teatro Municipal), uma ou outra conversa sobre trabalho, bem como a freqüência a alguns bares e restaurantes. No Bar Nacional, da Galeria Cruzeiro, um de seus amigos, Geraldo Barroso do Amaral — cunhado do poeta Guilherme de Almeida e conhecido como Dodô ou o Bom Gigante, como é referido em crônicas de Bandeira — mantinha uma mesa cativa. Em torno dessa mesa se reuniam intelectuais, artistas, boêmios, mulheres da vida, como se dizia. A esse grupo,

Bandeira, em diferentes ocasiões, apresentou alguns pernambucanos: Ascenso Ferreira, Cícero Dias, Gilberto Freyre. Há relatos da presença de Bandeira nas mesas da Taberna da Glória, onde Mário, em seu período carioca, quando morou num prédio em frente, na esquina da rua Santo Amaro com a rua do Catete, costumava ir com colegas de trabalho.

No entanto, havia um período do ano que era muito difícil para Bandeira—o verão. Em várias oportunidades ele se queixou do calor insuportável do verão carioca. De modo que freqüentemente viajava nessa época, procurando lugares com clima mais ameno. Assim, no início de 1935 esteve em Cambuquira. No início de 1938, esteve em São Lourenço e de lá escreveu em 15 de janeiro para Drummond: "Fez ontem uma semana que ando me encharcando de água magnesiana. Creio que a vesícula já se aliviou do excesso de bílis. Tenho procurado dormir e descansar o mais possível. Ontem de tarde e hoje de manhã, como não havia sol, dei umas remadas no lago, o que achei bem agradável". Dessa temporada ficaram algumas fotografias, e numa delas o poeta, de terno branco e gravata, rema numa pequena canoa no meio do lago de São Lourenço. Todavia, como para muitos moradores do Rio de Janeiro, a cidade de Petrópolis sempre foi um destino habitual nos verões, para onde ainda jovem ia com a família. Ao longo de boa parte de sua vida, Bandeira, no início do ano, subia para Petrópolis, que, embora muito perto do Rio de Janeiro, era uma bela e pacata cidade a 809 metros de altitude. Várias cartas ao longo desses vários anos foram enviadas, nos meses de janeiro e fevereiro, de Petrópolis, onde geralmente ficava em hotéis: Hotel

Bragança, Hotel D. Pedro II, Hotel Suíço. E vários poemas são datados de Petrópolis, como "A mata" e "Sob o céu todo estrelado", ambos de *O ritmo dissoluto*. Do mesmo livro, outro poema também datado de Petrópolis faz referência a um bairro da cidade: "Noturno da Mosela". Bandeira além do mais escreveu várias vezes sobre Petrópolis em algumas belas crônicas.

E à medida que publicava seus textos e que surgiam novas possibilidades de trabalho, a vida de Bandeira ia também tomando outros rumos. Desde que suas condições de saúde passaram a permitir, o poeta realizou numerosos trabalhos, teve de fato uma grande atividade, surpreendente mesmo. No conjunto, sua vida foi de intensa atuação, às vezes por meio de trabalhos eventuais, mas durante boa parte da maturidade no cumprimento de funções regulares. Assim, no início da década de 1930 andou trabalhando como tradutor de telegramas em uma agência de notícias, a United Press, onde também trabalhava Sérgio Buarque de Holanda. Trabalhou também para o *Pequeno dicionário brasileiro da língua portuguesa*, de Hildebrando de Góis e Gustavo Barroso.

Em 1935, vem a ocorrer uma grande mudança. Tornou-se inspetor de ensino secundário, nomeado pelo ministro Gustavo Capanema, com a ingerência favorável de Carlos Drummond de Andrade, então chefe de gabinete do ministro. Deixou então de receber a pensão deixada pelo pai, assumindo pela primeira vez, aos 49 anos de idade, uma função profissional fixa. Três anos depois, recebeu convite do professor Raja Gabaglia, diretor do colégio Pedro II, para reger interinamente a cadeira de literatura geral. Hesitou um pouco, mas acabou aceitando. Pesou muito na decisão o fato de estarem exigindo muito das funções de inspetor de ensino e de ele ter de se cansar muito. Assim, em 1938, Capanema nomeou-o professor de literatura geral do Colégio Pedro II. No mesmo ano, o ministro o nomeou também membro do Conselho Consultivo do recém-criado Departamento do Patrimônio Histórico e Artístico Nacional, dirigido por seu grande amigo Rodrigo Melo Franco de Andrade. E Bandeira compareceu regularmente às reuniões do conselho ao longo de muitos anos.

Em 1943, a convite de San Thiago Dantas, deixaria o Colégio Pedro II para assumir a cadeira de literatura hispano-americana na Faculdade Nacional de Filosofia. San Thiago, diretor da faculdade, esperou cerca de dois meses até o poeta se decidir a assumir a função, pois este não se achava à altura de tal atividade. Bandeira viria a se aposentar como professor da faculdade em 1956, aos setenta anos. Nessa instituição de ensino, foi colega de seu antigo companheiro de colégio, Sousa da Silveira, bem como de vários outros nomes ilustres das letras brasileiras, como Alceu Amoroso Lima, Jorge de Lima, Roberto Alvim Correa, Ernesto Faria, Thiers Martins Moreira, Augusto Magne. Era considerado um professor assíduo, pontual, metódico e cordial. Chegava com as aulas cuidadosamente preparadas. Alguns ex-alunos, no entanto, relatam a dificuldade de acompanhar as aulas sempre no mesmo monótono tom de voz, entremeada por constantes pigarros.

E em ligação com a atividade de professor, Bandeira publicou dois livros. São dois compêndios sobre as disciplinas que lecionava — *Noções de história das literaturas* e *Literatura hispano-americana*.

Em 1936, fora homenageado por seu cinqüentenário. Alguns de seus amigos organizaram e publicaram o livro *Homenagem a Manuel Bandeira*, com trabalhos de Mário de Andrade, João Alphonsus, Rodrigo Melo Franco de Andrade, Alceu Amoroso Lima, Otávio de Faria, Gilberto Freyre, Sérgio Buarque de Holanda, Jorge de Lima, Murilo Mendes, Vinícius de Morais, entre outros. No mesmo ano, saiu um novo livro de poemas, *Estrela da manhã*, numa edição de apenas 47 exemplares para subscritores, pois o papel, presenteado por um amigo, o historiador e político Luís Camilo de Oliveira Neto, foi insuficiente para os cinqüenta anunciados no livro.

No ano seguinte, 1937, sairiam três livros. Dentro ainda das comemorações do cinqüentenário, saiu seu primeiro livro de prosa, *Crônicas da província do Brasil*, editado pela Civilização Brasileira. Era seu primeiro livro publicado por uma editora comercial. O poeta atribuiu o fato à sua intensa colaboração à época para essa editora ou para sua associada, a Companhia Editora Nacional. Efetivamente, Bandeira já havia feito numerosos trabalhos como tradutor, atividade que exerceu durante grande parte de sua vida. Havia traduzido livros como *As aventuras maravilhosas do capitão Corcoran* e *O tesouro de Tarzan*. No mesmo ano saíram ainda as *Poesias escolhidas* (também pela Civilização Brasileira), selecionadas pelo próprio autor, que contou na seleção com a opinião de Mário de Andrade. Houve ainda a edição, pelo Ministério da Educação, da *Antologia dos poetas brasileiros da fase romântica*, primeira de várias antologias que o poeta organizaria — já no ano seguinte, 1938, sairia a segunda, a *Antologia dos poetas brasileiros da fase parnasiana*. Em 1938 seria publicado ainda o *Guia de Ouro*

Preto, escrito por encomenda do Serviço do Patrimônio Histórico e Artístico Nacional; no guia se apresenta a história da cidade e se comenta seu conjunto de monumentos históricos. Só o conjunto de publicações havidas nesses três anos é um exemplo notável da capacidade de trabalho de Bandeira. No caso da publicação do guia, há que se notar que se trata talvez do aspecto mais evidente de uma intensa atuação de Bandeira em benefício do patrimônio brasileiro. Assim, ao lado da participação no Conselho do Serviço do Patrimônio, Bandeira escreveu muito sobre o patrimônio arquitetônico e artístico brasileiro, como em vários dos textos que estão reunidos em *Crônicas da província do Brasil*. Além disso, seu trabalho na organização de antologias, como as já referidas, ou de edições críticas, como a de Gonçalves Dias, e ainda na elaboração de estudos como o que realizou sobre a autoria das *Cartas chilenas* se constitui como um intenso e precioso trabalho de preservação de nosso patrimônio literário.

Em 1940, Bandeira foi eleito para a Academia Brasileira de Letras. Com o falecimento de Luís Guimarães Filho, membro da Academia, Bandeira recebeu a visita de Ribeiro Couto, Múcio Leão e Cassiano Ricardo, que o convenceram a se candidatar à vaga aberta. O fato não poderia deixar de merecer comentários do próprio Manuel Bandeira. Após o convite, pediu algum tempo para refletir. Dois dias depois resolveu aceitar o convite: "De fato, não havia em mim preconceito antiacadêmico" (IP). Se na Academia havia acadêmicos de gosto reacionário, já estavam lá modernistas como Ribeiro Couto, Cassiano Ricardo, Guilherme de Almeida, além de Alceu Amoroso Lima, uma das vozes críticas que apoiaram o movimento. Bandeira foi eleito em agosto, no primeiro escrutínio, com 21 votos. Tomou posse em 30 de novembro, saudado por Ribeiro Couto. E sempre foi um acadêmico assíduo, que assistia às sessões integralmente, sendo considerado muito simpático e, segundo Austregésilo de Athayde, era sem dúvida o mais querido dos acadêmicos. Participava ativamente das reuniões e era dos poucos ouvido em perfeito silêncio, com grande atenção, pois todos respeitavam seus conhecimentos.

Nesse mesmo ano havia sido publicado seu livro *Noções de história das literaturas*, pela Companhia Editora Nacional. Saíram também suas *Poesias completas*, ainda em edição do autor, que ele providenciou em função de sua candidatura, pois não havia mais exemplares disponíveis de seus livros de poemas. O volume incluía um novo conjunto de poemas, o livro *Lira dos cinqüent'anos*. Publicou ainda nesse ano um estudo, *A autoria das* Cartas chilenas, que saiu em separata da *Revista do Brasil*. No ano seguinte, 1941, ocorreu um fato novo no campo de sua freqüente e quase permanente colaboração na imprensa — começou a escrever regularmente artigos sobre artes plásticas para o jornal *A Manhã*. Bandeira já escrevera numerosas vezes sobre esse assunto, tanto fazendo menção a ele em crônicas que não eram voltadas especificamente para algum aspecto das artes plásticas, quanto dedicando algumas crônicas esparsas integralmente à temática. Mas agora pela primeira vez se via escrevendo com regularidade sobre o movimento de artes plásticas no Rio de Janeiro, movimento que assim ele se via obrigado a acompanhar mais detidamente.

Em 1945 saiu a primeira edição de *Poemas traduzidos*, com ilustrações de Guignard. Bandeira sempre publicou numerosas traduções de poesia, atividade em que foi mestre. Esse volume, que reúne sua importante atividade nessa área, veio a ser republicado várias vezes, com muitos acréscimos. Boa parte das traduções incluídas no livro haviam sido feitas para publicação no jornal *Pensamento da América,* periódico dirigido por Ribeiro Couto que circulou na década de 1940. Trata-se de um livro que contém uma das partes mais importantes da obra de Bandeira, pois ele foi um mestre na tradução de poesia, tendo realizado algumas obras-primas nessa área. Mário de Andrade se referiu aos poemas traduzidos ressaltando sua integração na obra, ao dizer que "quase todos estes são momentos mais elevados, não apenas da tradução, mas a meu ver da própria poesia de Manuel Bandeira".

Ao lado dos poemas até então reunidos na sua obra poética, Bandeira produzia também poemas de natureza mais leve, ligados a fatos ou pessoas que lhe diziam respeito, poemas por isso considerados como de circunstância. Em 1948, diante de uma proposta de João Cabral de Melo Neto, que trabalhava como diplomata em Barcelona e numa prensa artesanal imprimia livros em tiragens reduzidas, sob o selo O Livro Inconsútil, Bandeira resolve publicar esses poemas, com o título *Mafuá do malungo*. E aceitou entregá-los para essa publicação porque, como ele próprio disse numa carta a João Cabral, "é que só me agradaria uma edição limitada, só para os amigos"—e a tiragem foi de apenas 110 exemplares. Depois do livro pronto, em outra carta a João Cabral, Bandeira referia a cobiça que a preciosa edição despertava: "O *Mafuá* está fazendo sucesso. O pessoal anda assanhado. Tenho recebido pedidos, a que naturalmente não posso satisfazer. A tais pedintes, simples conhecidos ou amigos recentes, mando entrar na fila dos em pé". No *Mafuá do malungo*, segundo Drummond, "o poeta se diverte"; nele estão poemas a partir de nomes de pessoas, poemas como dedicatórias, poemas para comemorar aniversários etc., quase sempre providos de bom humor, mas também poemas de circunstância um pouco mais ampla, que são como que a manifestação direta do poeta perante certos eventos que lhe foram contemporâneos. Em edições posteriores, o volume foi acrescido de novos poemas, em que o poeta continuava atento aos acontecimentos, como ao enaltecer o candidato a presidente da República brigadeiro Eduardo Gomes ou ao ironizar a renúncia do presidente Jânio Quadros.

Ainda em 1948, saiu outra edição de suas *Poesias completas*, trazendo ainda um novo livro, *Belo belo*. Quatro anos depois, em 1952, mais um livro vem a público, o *Opus 10*. Como o *Mafuá do malungo*, também este saiu em edição especial. Foi publicado em Niterói pelos poetas Tiago de Melo e Geir Campos, sob o selo das edições Hipocampo. Tratava-se igualmente de uma tiragem limitada a 116 exemplares, acompanhada de uma gravura de Fayga Ostrower.

A esta altura, o poeta já consagrado é alvo de grande atenção, voltada tanto para sua obra quanto para sua biografia. Acaba aceitando proposta de Fernando Sabino e de Paulo Mendes Campos — escrever suas memórias. Aos poucos elas saíram num jornal literário, o *Jornal de Letras*, dos irmãos João, José e Elísio Condé. E em 1954, saem sob a forma de livro, *Itinerário de Pasárgada*, que, mais do que simplesmente um livro de memórias, é uma autobiografia intelectual de grande significado. Nesse mesmo ano, Bandeira lançou ainda um pequeno mas importante volume, *De poetas e de poesia*, que, como diz o título, reunia alguns de seus melhores trabalhos críticos sobre poesia.

Depois de cerca de nove anos morando na Lapa, Bandeira em 1942 havia se mudado para a praia do Flamengo, 122, ap. 415, ocupando um pequeno apartamento no edifício Maximus. Por várias vezes referiu-se a sua residência como uma biblioteca onde dormia. Em carta de 24 de maio de 1942, disse ao amigo Fernando Mendes de Almeida: "Tenho aqui mais praça para os livros: pude meter em casa mais duas estantes. [...] Estou muito contente, porque é a primeira vez que moro em casa novinha em folha; e porque sendo meu apartamento no fundo do edifício, à noite o silêncio é absoluto". Cerca de dois anos depois passou a ocupar o primeiro endereço em que morou no edifício São Miguel, o apartamento 409, na avenida Beira-Mar, 406, um apartamento que dava para um pátio interno. E assim como os outros locais em que morou forneceram elementos para seu imaginário poético, a imagem do pátio interno desse prédio acabou por se tornar presente em sua poesia. Encontra-se, por exemplo, em um excepcional poema do livro *Belo belo*, "A realidade e a imagem", cujo nascimento foi relatado pelo poeta em carta a João Cabral de Melo Neto em 30 de julho de 1947: "Mas no outro dia, chegando ao balcãozinho do meu quarto de dormir, tive o meu momento de poesia e procurei fixá-lo nestas quatro linhas, que talvez agradem ao poeta-engenheiro". O pátio também está em outro poema do mesmo livro, "O bicho", cuja primeira estrofe diz:

> Vi ontem um bicho
> Na imundície do pátio
> Catando comida entre os detritos.

Anos depois, em 1953, Bandeira se transferiria para outro apartamento do mesmo prédio, com esplêndida vista para a baía de Guanabara, na altura do aeroporto Santos Dumont. Também essa mudança teve repercussões em seu trabalho poético, fornecendo elementos para um poema do livro *Opus 10*, "Lua nova", em que alguns versos dizem:

> Depois de dez anos de pátio
> Volto a tomar conhecimento da aurora.
> Volto a banhar meus olhos no mênstruo incruento das
>   madrugadas.
> Todas as manhãs o aeroporto em frente me dá lições
>   de partir.

Talvez o que mais chame a atenção nesse poema seja a bela imagem para a cor do céu no início do dia — o "mênstruo incruento das madrugadas". Ou talvez ainda a absorção economicamente poética do movimento rotineiro de um aeroporto por meio das "lições de partir". Mas o fato é que aí sobretudo estão associadas duas figuras importantes da poética de Bandeira — o quarto e o pátio — provenientes dos locais onde morou.

O endereço de Bandeira na avenida Beira-Mar tinha ainda uma vantagem prática: ficava quase em frente ao prédio da faculdade e a poucos passos da Academia Brasileira de Letras. Assim, a proximidade desses locais, que faziam parte do cotidiano do poeta, permite-lhe economizar tempo. Mas o cotidiano do poeta às vezes é interrompido, como no caso das habituais viagens durante o verão para cidades de clima menos quente, geralmente para Petrópolis. Além disso, Bandeira eventualmente fazia outras viagens. Entre estas encontra-se uma ida a São Paulo em que o trajeto foi feito de avião, o que naquela época ainda era um acontecimento especial, assim comentado pelo poeta em carta de 23 de julho de 1944 a Alphonsus de Guimaraens Filho: "Participo-lhe que sou agora aviador: fui a São Paulo assistir às festas comemorativas do cinqüentenário do município de Rio Preto, boca do sertão do Oeste paulista, e fiz a viagem de ida e volta num avião da Vasp. Senti-me inteiramente à vontade e gozei extraordinariamente do vôo. Uma beleza!".

Mas acontece de seu cotidiano também ser interrompido por motivos menos prazerosos, quando alguns problemas de saúde começaram a afligir o poeta. Em 1950, Bandeira teve uma gripe muito forte, e depois ficou quase completamente surdo, de modo definitivo. Passou a usar um aparelho para surdez. Em dezembro de 1951, foi internado numa casa de saúde na rua Bambina, no bairro carioca de Botafogo, por seu amigo Rodrigo Melo Franco de Andrade. Além de uma úlcera no estômago, Bandeira tinha problema nos rins e sentia fortes dores. Foi detectada a presença de cálculos no ureter. A possibilidade de que fosse necessária uma cirurgia era preocupante, tendo em vista a saúde sempre frágil do poeta. De fato teve de ser operado, mas tudo correu bem, inclusive em termos respiratórios, o aspecto mais preocupante. Em 11 de janeiro de 1952, deixou o hospital.

Além das suas atividades de trabalho e de produção de seus textos, Bandeira umas poucas vezes viu-se envolvido em situações de atuação pública. Assim, em 1942, quando da fundação da Associação Brasileira de Escritores, foi seu primeiro presidente. Aceitou a função porque julgava que a atuação da associação seria encaminhada no sentido de auxiliar os escritores, da mesma forma como a SBAT (Sociedade Brasileira de Autores Teatrais) atuava em benefício dos autores teatrais. Mas logo os propósitos políticos predominaram; Bandeira, de qualquer modo, os aceitava, tendo em vista que à época todos se voltavam contra a ditadura. Findo o mandato, Bandeira continuou ligado à associação, que veio a ter papel importante na redemocratização, sobretudo com a realização em 1945 do congresso de escritores. Só se afastou em 1949, quando o grupo comunista tumultuou o processo de escolha de uma nova diretoria.

Em 1950, Bandeira surpreendentemente aceitou ser candidato a deputado. Após a queda de Getúlio Vargas, o poeta, a convite de Sérgio Buarque de Holanda, entrou na Esquerda Democrática, que veio a se tornar o Partido Socialista Brasileiro, dirigido por João Mangabeira. Fez isso apenas para compor a chapa do PSB, a pedido de amigos, em especial Osório Borba, que insistiram em sua aquiescência, apesar de ele afirmar que não tinha jeito algum para política. Não havia qualquer possibilidade de ser eleito. Era assim uma candidatura simbólica, não havia nele nada de militante. Chegou a referir que na verdade concorria com a candidatura de

Augusto Frederico Schmidt, que anos antes também fora candidato a deputado federal e não se elegera, tendo recebido pouquíssimos votos, menos do que Bandeira. Algum tempo depois, em telegrama ao presidente do diretório do partido, pediu o cancelamento de sua inscrição, pois não admitia sequer a hipótese de estar inscrito num partido que apoiava a candidatura do marechal Lott à presidência da República.

No campo da poesia, ainda em 1949, Bandeira experimentaria pela primeira vez uma nova forma de registrar seus poemas. Foi lançado um disco com a gravação da voz do poeta. Esta, porém, seria apenas a primeira de outras gravações, cujo conjunto hoje constitui importante documentação, em primeiro lugar, sobre a maneira como o próprio autor lia e interpretava seus poemas. Sobre a primeira gravação, Bandeira escreveu a um amigo, o escritor Públio Dias: "Já comprou os discos com os meus poemas ditos por mim, edição da fábrica Continental? 16 poemas ('Evocação', 'Pasárgada', 'Profundamente', etc.). Faça propaganda aí, pois se os meus discos se venderem bem, a empresa lançará outros poetas". E em carta a João Cabral de Melo Neto, de 19 de março de 1949, também anunciava os discos: "Dentro de algum tempo você deverá receber os dois discos da Continental com 16 poemas meus ditos por mim ('Estrela da manhã', 'Pasárgada', 'Profundamente', 'Evocação do Recife', 'Piscina', 'Momento num café', etc.)".

Aproximando-se dos setenta anos, Bandeira ainda passaria a se dedicar com certa regularidade a uma nova atividade, a de tradutor de peças teatrais. Assim, em 1955 traduziu a peça *Maria Stuart* de Schiller, a pedido de Franco Zampari e Ziembinski, do Teatro Brasileiro de Comédia. A peça, com Cacilda Becker no papel principal, foi representada em São Paulo e no Rio de Janeiro. Pouco depois, traduziria uma peça de Jean Cocteau, *A máquina infernal*, e uma de Shakespeare, *Macbeth*, ambas publicadas em 1958. É verdade que alguns anos antes, em 1949, havia traduzido o *Auto do Divino Narciso* de Sóror Juana Inés de la Cruz, mas a partir de agora faria sucessivas traduções de peças teatrais.

No entanto, a novidade não ficava só com essas traduções. Quando, de 4 a 11 de fevereiro de 1957, se realizou no saguão do Ministério da Educação a I Exposição Nacional de Arte Concreta, Bandeira a visitou, e em seguida escreveu sobre ela, mostrando posição bastante compreensiva e simpática em relação ao movimento. Seus comentários sobre os poetas eram em geral positivos: "São inteligentíssimos, cultos, viajados. São bem intencionados. Não estão querendo lançar poeira aos olhos dos trouxas para atrair a atenção e publicidade para os seus nomes". Alguns anos depois os poetas concretos pediram a Bandeira colaboração para o número três (junho de 1963) da revista concretista *Invenção*. Bandeira colaborou com um poema, que fazia parte de um grupo de nove experimentos do poeta, já então septuagenário.

6

Em 1913, a viagem de Bandeira à Europa, aos 27 anos de idade, fora feita certamente sob a preocupação de seu estado de saúde delicado; tinha o objetivo exclusivo de um tratamento médico. Em 1957, aos 71 anos, fez sua segunda e última viagem à Europa, desta vez por lazer, o que lhe foi possível graças aos direitos de tradutor que recebeu pela tradução da peça de Schiller. Aliás, pouco antes da viagem, fora a São Paulo a convite do Teatro de Arena por ocasião da estréia de uma outra peça traduzida por ele, *Juno e o pavão*, de Sean O'Casey.

Viajou à Europa já na condição de aposentado, o que acontecera ao completar setenta anos — uma aposentadoria, porém, que não foi muito simples. Bandeira era há treze anos catedrático interino da Faculdade Nacional de Filosofia. Pela lei, os interinos não teriam direito à aposentadoria. Carlos Lacerda pretendeu aposentá-lo mediante lei especial, mas a Constituição não permitia. Milton Campos, na comissão de Constituição e Justiça da Câmara, constitucionalizou o projeto, dando à aposentadoria a condição de prêmio. E nenhum congressista, de nenhum partido, se levantou contra o projeto de lei, sancionado pelo presidente Juscelino Kubitschek.

Assim como da primeira vez, viajou, mais de quarenta anos depois, também em companhia de Mme. Blank, que o acompanhou em grande parte de sua vida. Viajou de navio, o *Aldabi*, tendo partido do Rio de Janeiro em 19 de julho. Sobre essa viagem Bandeira escreveu uma série de crônicas que nos permitem acompanhar boa parte dela. O percurso foi relatado em "Diário de bordo"; em forma de um diário, como indica o título, ele relata episódios da viagem de navio até Roterdã, nos Países Baixos. Uma escala em Antuérpia permitiu-lhe desembarcar para encontrar-se com Otto Lara Resende, que o levou até Bruxelas. Em outros textos referentes à viagem, falou sobre visitas a museus, Amsterdã, sobre cidades holandesas, sobre Londres e Paris, assim como relatou os encontros em Londres com o poeta português Alberto Lacerda e em Paris com um velho amigo, o pintor Cícero Dias, já há alguns anos morando na França. A série dessas crônicas se encerra com o relato da volta ao Brasil, em novembro do mesmo ano — a volta ao cotidiano.

De novo no Brasil, aposentado da Faculdade Nacional de Filosofia, o poeta prosseguia sua intensa atividade como cronista, organizador de livros, tradutor. Em 1958, saiu pela editora Aguilar a reunião de sua obra até então em dois volumes em papel bíblia. Era finalmente a grande edição de sua obra, em que estavam toda a poesia, grande parte das crônicas, os estudos literários, os poemas traduzidos, peças teatrais traduzidas, uma ampla seleção da correspondência. Não era a obra completa, porque esta ainda estava em andamento e será sempre difícil de ser totalmente reunida tais suas dimensões, mas é até hoje a mais abrangente edição que já se fez de sua obra. Na época em que a edição estava sendo preparada, o poeta, apesar de naturalmente ciente de sua importância, não deixou (numa carta a João Cabral de Melo Neto de 4 de junho de 1958) de se referir a ela em tom jocoso: "a edição Aguilar sairá em dois volumes de 1.200 páginas cada. Que trabalho corrigir essa joça!". Nessa edição da Aguilar seria incluído um novo conjunto de poemas, *Estrela da tarde*, que numa edição autônoma de 1963 receberia o acréscimo de alguns poemas reunidos sob o subtítulo de "Preparação para a morte".

Além da Academia, outro lugar que Bandeira freqüentava regularmente era a editora José Olympio, onde vários escritores se reuniam para almoçar. Freqüentava também a casa de seu grande amigo Rodrigo Melo Franco de Andrade, onde costumava jantar pelo menos uma vez por semana. E foi o filho desse amigo, o cineasta Joaquim Pedro de Andrade, seu afilhado, que em 1959 realizou um belíssimo documentário sobre o poeta, o curta-metragem *O poeta do Castelo*. Nesse filme ficaram registradas várias imagens do cotidiano do poeta, ainda que, segundo depoimento do próprio cineasta, tenham sido encenadas. No apartamento da avenida Beira-Mar, com os livros, os quadros, os móveis, o poeta atende com um grande sorriso um telefonema; escreve deitado, o que se torna possível porque sua cama tem acoplada uma mesa móvel que se desloca sobre a pessoa deitada e na qual fica a máquina de escrever; acende o fogão, soprando para que a chama se acenda por inteiro; prepara seu café; abre a janela e olha o pátio. O poeta sai e vai ao bar próximo pegar sua garrafa de leite. Na rua é cumprimentado por um amigo. O título do filme pode levar a pensar numa imagem poética, mas na verdade se refere exatamente a esse cotidiano mostrado na tela, pois Castelo é o nome da área do centro do Rio de Janeiro onde se passava o corriqueiro dia-a-dia do poeta.

No entanto, poucos anos depois, o poeta sofria um grande abalo. Embora nunca tenha se casado e sempre tenha sido reservado ao extremo sobre esse aspecto de sua vida, era de conhecimento de seus amigos a longa relação que teria mantido com Mme. Blank, havendo vários testemunhos a esse respeito. Em 1964, com graves problemas de saúde e morando sozinha num apartamento no bairro de Laranjeiras, Mme. Blank não tinha mais como continuar no Brasil. A filha Joanita, casada com um diplomata holandês, o barão van Ittersum, morava na Europa havia vários anos. Veio então ao Brasil a fim de levar a mãe para a Holanda, onde ela poderia ser mais bem tratada. Bandeira sequer conseguiu acompanhar ao aeroporto aquela que foi, como ele disse num poema, "toda a afeição de uma vida". Em carta a um de seus amigos, o crítico português Adolfo Casais Monteiro, Bandeira chegou a falar que esse afastamento era para ele o mesmo que uma amputação. Nessa época, escreveu o poema intitulado "Natal 64", dedicado "A Moussy" (uma forma afetiva com que às vezes Bandeira se referia a Mme. Blank). A última estrofe é uma síntese de seus sentimentos:

> Então por que neste momento
> Me sinto tão amargo assim?
> E a saudade me é um tal tormento,
> Se estás viva dentro de mim?

Dois anos depois, Bandeira completava oitenta anos. Seriam muitas as comemorações. Embora os amigos se preocupassem com sua saúde, tendo em vista que todas aquelas atividades previstas significariam um grande desgaste, o poeta suportou tudo muito bem. E até tomou a iniciativa para uma nova decisão em sua vida: comprar uma casa. Assim, no fim da vida, ele que sempre morara em residências alugadas, comprou uma casa de dois pavimentos na rua Coronel Antônio Santiago, 240, no bairro dos Agriões, em Teresópolis, que ele freqüentava desde a juventude e onde houve época em que costumava ficar na casa que Rodrigo Melo Franco de

Andrade tinha na cidade. Por isso, de vez em quando podia ser visto em um ou outro restaurante local, como a tradicional Taberna Alpina. Em meados da década de 1950, por sua ligação com a cidade, chegara até mesmo a aceitar um convite de Theodor Heuberger, um dos fundadores da Pro-Arte, para dar aulas de literatura no curso internacional de férias que a instituição realizava em Teresópolis. Agora, tinha não somente uma casa, mas também um pequeno jardim, de que por um breve período teve muito prazer em cuidar.

Nos últimos tempos, em reuniões da Academia, ocorreu algumas vezes de o poeta desmaiar em virtude de seu problema de pressão alta. Segundo testemunho de Josué Montello, dizia o poeta que "estava treinando para virar farol: apago e acendo, apago e acendo, até apagar de vez, por falta de combustível". Por fim, já não ficava mais em seu apartamento da avenida Beira-Mar, mas em Copacabana, com Maria de Lurdes Heitor de Sousa, sua última companheira. Sua saúde piora, e o poeta é internado no hospital Samaritano, no bairro de Botafogo. Em 13 de outubro de 1968, em razão de uma hemorragia digestiva por rompimento do duodeno, falece Manuel Bandeira.

Um trecho de seu testamento dizia:

> ...lega a seu afilhado, John Talbot Derham, as suas abotoaduras de prata holandesa e ao irmão do seu afilhado, Anthony Robert Derham, a pequena escultura chinesa de jade; para Sacha, filha de Guita Derham, a pintura de Joanita, representando flores e os pequenos azulejos quadrados holandeses; para Guita e Joanita os pratos de azulejo holandês antigo, a pintura de Joanita, represen-

tando sua mãe, e os vários objetos em cobre e estanho
—tinteiros, cinzeiros, lâmpadas—e ainda a gravura
holandesa e a gravura inglesa...

Apresenta-se aí uma sucessão de pequenas peças
de importância afetiva, que com certeza não destoam
do poeta que em sua obra soube tão refinadamente lhes
dar atenção. O testamento, porém, não cuidava apenas
desses objetos. Nele há determinações referentes a
bens de maior valor—a biblioteca que ficava para a
Academia Brasileira de Letras, a casa de Teresópolis que
ficava para a companheira Maria de Lourdes Heitor de
Sousa. Mas é àqueles objetos afetivos que se pode mais
associar o poeta que, nas cartas enviadas aos amigos,
costumava se assinar Mané, Flag, Manu, Maneke,
Manuelucho; o amigo que Mário de Andrade homena-
geou batizando como Manuela uma máquina de escrever; o homem solitário que em um caderno de anotações colava providenciais recortes de jornais, com
conselhos para tirar manchas de roupas, combater bara-
tas, desentupir pias; o brincalhão que em carta a Gilberto Freyre explicava detalhadamente, inclusive com
desenhos, um jogo para passar o tempo em mesas de
bar, feito com os suportes para copos de chope. A esses
pequenos dados pessoais podem juntar-se, compondo
sua imagem, os retratos que dele fizeram artistas como
Portinari, Lasar Segall e Cícero Dias, as peças musicais
com letras suas compostas por músicos como Francisco
Mignogne, Jaime Ovalle, Camargo Guarnieri e Villa-
Lobos, e acima de tudo sua obra, a *Estrela da vida inteira*
—onde, como declarou Murilo Mendes, todos nós
"bebemos do seu Canto".

CRONO-
LOGIA

1886
No dia 19 de abril nasce em Recife Manuel Carneiro de Sousa Bandeira Filho, cujos pais eram Manuel Carneiro de Sousa Bandeira e Francelina Ribeiro de Sousa Bandeira.

1890
A família deixa Recife e passa a residir sucessivamente no Rio de Janeiro, em Santos, em São Paulo e de novo no Rio de Janeiro.

1892
Volta da família para Pernambuco.

1896
A família muda-se novamente de Recife para o Rio de Janeiro. Durante esse período, Manuel Bandeira cursa o Externato do Ginásio Nacional (hoje Colégio Pedro II).

1903
Manuel Bandeira muda-se para São Paulo e se matricula na Escola Politécnica, pois queria ser arquiteto. Trabalha nos escritórios técnicos da Estrada de Ferro Sorocabana e tem aulas de desenho de ornato, à noite, no Liceu de Artes e Ofícios.

1904
No fim do ano letivo, fica sabendo que está com tuberculose e abandona os estudos. Volta ao Rio de Janeiro e nos anos seguintes passa temporadas em diversas cidades em busca de climas favoráveis: Campanha (MG), Teresópolis (RJ), Maranguape (CE), Uruquê (CE), Quixeramobim (CE).

1908
Volta a residir no Rio de Janeiro, no bairro de Santa Teresa.

1910
Entra em um concurso de poesia da Academia Brasileira de Letras, mas o prêmio não foi concedido.

1913
Em junho, viaja para a Europa, a fim de se tratar no sanatório de Clavadel, na Suíça. Reaprende o alemão, que estudara no ginásio. Conhece no sanatório Paul Eugène Grindel, que veio a se tornar importante poeta francês, com o nome de Paul Éluard.

1914
Com a ameaça da Primeira Guerra Mundial, volta ao Brasil. Reside no Rio de Janeiro.

1916
Falece a mãe de Manuel Bandeira.

1917
Publicação do primeiro livro —
A cinza das horas.

1918
Falece Maria Cândida de Sousa
Bandeira, irmã do poeta e que
desde 1904 fora como que uma
enfermeira para ele.

1919
Publicação de *Carnaval*.
O livro chama a atenção do
grupo paulista que iniciaria
o movimento modernista.

1920
Falece o pai de Manuel
Bandeira, que então se muda
para a rua do Curvelo, 53
(hoje Dias de Barros), rua onde
já morava Ribeiro Couto;
aí permanece por treze anos.

1921
Conhece Mário de Andrade
quando de uma visita deste
ao Rio de Janeiro.

1922
Não quis participar da Semana
de Arte Moderna, realizada
em São Paulo. Colabora com
a revista modernista *Klaxon*.
Data dessa época sua amizade
com Jaime Ovalle, Rodrigo
M. F. de Andrade, Dante Milano,
Sérgio Buarque de Holanda,
Prudente de Morais, Neto.
Falece seu irmão, Antônio
Ribeiro de Sousa Bandeira.

1924
Publicação de *O ritmo dissoluto*
no volume *Poesias,* que incluía
os dois livros anteriores.

1926
Viagem a Pouso Alto (MG),
onde, na casa de Ribeiro Couto,
conhece Carlos Drummond
de Andrade.

1927
Viagem ao Norte do Brasil até
Belém, parando em Salvador,
Recife, João Pessoa, Fortaleza
e São Luís.

1928
Viagem às cidades históricas
de Minas Gerais. Viagem ao
Recife como fiscal de bancas
examinadoras escolares.
Colabora na revista modernista
Revista de Antropofagia. Começa
a escrever regularmente crônicas
para o jornal pernambucano
A Província.

1930
Passa a colaborar com crônicas também para o jornal paulista *Diário Nacional*.

1930
Publicação de *Libertinagem*.

1933
Muda-se da rua do Curvelo para a rua Morais e Vale, na Lapa.

1935
É nomeado por Gustavo Capanema, ministro da Educação, inspetor de ensino secundário.

1936
É homenageado por seu cinqüentenário. Os amigos publicam o livro *Homenagem a Manuel Bandeira*, com poemas, estudos e depoimentos de vários dos principais escritores brasileiros. Lançamento de *Estrela da manhã*.

1937
Publicação de *Crônicas da província do Brasil*, das *Poesias escolhidas* e da *Antologia dos poetas brasileiros da fase romântica*.

1938
Nomeado pelo ministro Gustavo Capanema professor de Literatura do Colégio Pedro II e membro do Conselho Consultivo do Departamento do Patrimônio Histórico e Artístico Nacional. Publicação do *Guia de Ouro Preto* e da *Antologia dos poetas brasileiros da fase parnasiana*.

1940
É eleito para a Academia Brasileira de Letras. Primeira edição das *Poesias completas*, com uma coletânea de novos poemas intitulada *Lira dos cinqüent'anos*. Publicação de *Noções de história das literaturas*.

1942
Muda-se para o edifício Maximus, na praia do Flamengo.

1943
Deixa o Colégio Pedro II, pois é nomeado professor de Literatura Hispano-Americana da Faculdade Nacional de Filosofia.

1944
Muda-se para o edifício São Miguel, na avenida Beira-Mar. Sai uma nova edição das *Poesias completas*.

1945
Publicação de *Poemas traduzidos*, com ilustrações de Guignard.

1946
Publicação de *Apresentação da poesia brasileira* e da *Antologia dos poetas brasileiros bissextos contemporâneos*.

1948
Nova edição das *Poesias completas* com a inclusão de um novo livro, *Belo Belo*. Publicação de *Mafuá do malungo*, impresso em Barcelona por João Cabral de Melo Neto.

1949
Publicação de *Literatura hispano-americana*.

1952
É operado de cálculos no ureter. Publicação de *Opus 10* em edição limitada.

1953
Muda-se para outro apartamento no mesmo edifício da avenida Beira-Mar.

1954
Publicação de *Itinerário de Pasárgada*.

1955
Publica *50 Poemas escolhidos pelo autor*. Traduz a peça *Maria Stuart*, de Schiller. Sai nova edição das *Poesias completas*. Começa a colaborar como cronista no *Jornal do Brasil*, do Rio de Janeiro, e na *Folha da Manhã*, de São Paulo.

1956
Traduz a peça *Macbeth*, de Shakespeare.

1957
Publicação do livro de crônicas *Flauta de papel*. Aposenta-se da faculdade. Em julho viaja para a Europa. Vai a algumas cidades da Holanda, a Londres e a Paris. Regressa ao Brasil em novembro.

1958
É lançada a edição Aguilar de toda sua obra até então em dois volumes — *Poesia e prosa*, incluindo a poesia (com um novo livro, *Estrela da tarde*), as traduções de poemas e de peças teatrais, crônicas, crítica, ensaios, o *Guia de Ouro Preto* e uma seleção da correspondência.

1960
Sai na França, pela editora Seghers, o volume *Poèmes*, antologia de poemas de Bandeira em tradução de Luís Aníbal Falcão, F. H. Blank-Simon e do próprio autor.

1961
Escreve crônicas para o programa "Quadrante" da Rádio Ministério da Educação.

1963
Escreve crônicas para o programa "Vozes da cidade', da Rádio Roquette-Pinto, algumas das quais lidas por ele próprio.

1965
Com Carlos Drummond de Andrade, organiza o livro *Rio de Janeiro em prosa & verso*. Sai na França, na coleção "Poetes d'Aujourd'hui", pela editora Seghers, o volume *Manuel Bandeira*, com estudo, seleção de textos, tradução e bibliografia por Michel Simon.

1966
Completa oitenta anos e recebe muitas homenagens. A Editora José Olímpio lança os volumes *Estrela da vida inteira* (obra poética completa) e *Andorinha, andorinha* (coletânea de crônicas organizada por Carlos Drummond de Andrade). Adquire uma casa em Teresópolis.

1967
Com problemas de saúde, deixa o apartamento da avenida Beira-Mar, passando a ficar no apartamento (na rua Aires Saldanha, em Copacabana) de Maria de Lurdes Heitor de Sousa, sua última companheira.

1968
Manuel Bandeira morre no dia 13 de outubro, no hospital Samaritano, em Botafogo.

ENSAIO DE LEITURA

1. PREÂMBULO

Por ser um dos maiores poetas da língua portuguesa, Manuel Bandeira é conhecido sobretudo por sua poesia, embora sua obra seja bem mais extensa, pois ele foi ainda cronista, crítico e tradutor. No presente livro, aborda-se apenas sua poesia, mas se recorre também, sempre que necessário e possível, a outras áreas da produção de Bandeira.

Em diversos momentos de sua obra, ele tratou de sua própria poesia. Fez isso, por exemplo, ao relatar, em termos autobiográficos, como escreveu seus poemas ou como publicou seus livros. Fez isso ainda, em termos mais de crítica literária, quando tratou das influências que outros poetas exerceram sobre seu trabalho ou quando falou dos procedimentos empregados na elaboração dos poemas. Nem sempre essa abordagem de sua própria criação poética acontece dessa forma delimitada, ou seja, com nítida distinção entre o aspecto biográfico e a perspectiva crítica. Muitas vezes os dois campos se misturam, embora "misturar" talvez não seja a palavra mais adequada para se referir aos textos de Bandeira, pois ela pode dar uma falsa impressão de confusão, quando na verdade eles são sempre de uma admirável clareza.

Boa parte dos comentários sobre sua própria poesia foi feita por Bandeira em textos de natureza autobiográfica. Assim, no livro *Itinerário de Pasárgada*, ao fazer uma exposição sobre sua vida, faz em grande medida uma exposição sobre sua formação intelectual e sobre sua atividade literária, de modo que o livro pode ser considerado como uma autobiografia intelectual. Nele estão muitos dos comentários sobre sua própria poesia. Muitos outros comentários foram feitos em cartas, em especial naquelas dirigidas a seu grande interlocutor, Mário de Andrade. Esses comentários surgem em meio a vários outros assuntos, tais como informações sobre acontecimentos do dia-a-dia, conforme é habitual em cartas.

A convivência estreita entre autobiografia e comentários sobre a poesia de modo algum impede que estes sejam de grande importância, sempre pertinentes, objetivos e esclarecedores. No entanto, ao lado desses comentários, Bandeira escreveu também extensamente sobre vários autores e várias questões literárias. Naturalmente, embora não se refiram especificamente à sua poesia, esses textos são muito importantes, pois por meio deles se trava contato com as concepções literárias de Bandeira, com o tipo de conhecimento literário de que ele dispunha. Vez por outra, mesmo nesses textos, é possível encontrar algo de sua poesia. Uma pequena mostra dessa situação se dá quando, ao fazer uma exposição sobre a versificação em língua portuguesa, ele inclui um verso seu entre os exemplos.

A obra poética de Bandeira tem sido objeto de numerosos estudos, que a vêm abordando de diversas formas. Um modo bastante corrente de se aproximar dessa obra é por meio do campo autobiográfico. Como se salientou acima, quando o próprio Bandeira trata de sua poesia freqüentemente o faz em contato com sua biografia. Sua poesia apresenta, de fato, numerosas inter-relações com a biografia. Muitas vezes isso é deixado bastante claro pelos próprios poemas, mas de outras isso vem a ser salientado pelo autor em seus textos de prosa. Assim, esse estado de coisas favorece muito a tentativa de compreensão da poesia bandeiriana pelo viés biográfico. Certamente é impossível negar a importância dessa dimensão, mas é preciso perceber que ela não dá conta de tudo, ou seja, ela fornece elementos, mas não pode ser considerada como o principal caminho. Para não deixar de dar pelo menos um exemplo, lembremos os textos de Ribeiro Couto sobre Bandeira. Carregados de reflexões a partir de elementos biográficos, esses textos não deixam de ser importantes — nem que fosse apenas por seu caráter exploratório e pioneiro — pela acuidade com que comentam aspectos cuja compreensão é necessária para a leitura da poesia bandeiriana.

Vários estudos sobre a poesia de Bandeira dão especial atenção a questões ligadas aos estilos de época ou aos movimentos literários. Quando se entra em contato com a poesia de Bandeira fica logo claro, à medida que a leitura vai seguindo de poema em poema, de livro em livro, que ele produziu poemas que são bastante diferentes uns dos outros por conta das ligações com tendências distintas. Assim, é possível ver nos primeiros livros poemas mais ligados ao simbolismo e outros ao parnasianismo, enquanto um pouco adiante surgem os poemas modernistas. A percepção dessas diferenças é muito importante, mas deve levar em conta outros dados para que se possa de fato ter uma melhor compreensão do que ocorre, sobretudo quando se vê que nem sempre há uma distinção perfeita, nesses termos, entre esses poemas, assim como nem sempre eles estão circunscritos a épocas bem determinadas.

Há ainda o caso dos estudos que tomam como ponto de partida certas constantes temáticas, como a morte ou a infância. Isso permite o exame dos poemas com relativa liberdade quanto à sucessão cronológica; desse modo, permite também verificar ligações que se fazem fora tanto dessa sucessão de elaboração dos poemas quanto da sucessão no âmbito das ligações biográficas, além de propiciar certa independência em relação às mudanças impostas pelo andamento dos movimentos literários.

Outros estudos ainda se caracterizam sobretudo pela escolha de um procedimento de análise. Assim, há alguns estudos que adotam uma visão psicanalítica, e outros adotam a análise dos processos estilísticos. Como nas situações referidas, também aqui não há razão para supor que se possa ter uma visão completa da obra a partir dessas perspectivas. Além disso, é comum que ocorram aproximações com outros pontos de observação. Assim, a visão psicanalítica poderá se aproximar das referências biográficas ou das abordagens temáticas, enquanto a análise estilística poderá se articular com abordagens segundo os movimentos literários.

Essa rápida apresentação da diversidade de estudos sobre a poesia de Bandeira se presta para salientar justamente a amplitude da obra que possibilita tais leituras e que pede essa diversidade de leituras. Embora não seja extensa, sendo mesmo muito menor que sua obra em prosa, a poesia de Bandeira ocupa posição central na história da poesia brasileira. E pelas possibilidades de abordagem que oferece, é possível pelo menos imaginar o vasto espectro de questões nela presentes; quanto mais se quiser avançar no conhecimento dessa poesia, mais será preciso, ao lado de sua leitura freqüente, buscar os variados estudos que se irão complementando.

Talvez o que mais ressalte a importância e a complexidade dessa obra seja o fato de que ela está ligada substancialmente à tradição da poesia brasileira e mesmo de língua portuguesa. Ela se realiza como exploração dessa tradição e como experimentação de novas possibilidades, sendo uma das consecuções mais admiráveis de uma lírica renovada e inovadora, associada a uma importante modificação dos padrões estéticos. Objeto permanente dos estudos literários, ela constitui objeto da admiração de gerações sucessivas de leitores e poetas, sendo para estes uma fonte permanente de aprendizado pelo exemplo de domínio da prática poética e de conhecimento das questões aí envolvidas.

Certamente não se pensará que sobre uma obra que já conta com tantos estudos se possa escrever algo absolutamente novo. Pelo menos como introdução, o mais produtivo parece ser exatamente uma conversa com outros que já a examinaram, pois dessa conversa podem surgir novas considerações que esclareçam um pouco mais este ou aquele aspecto. Espera-se que este livro incentive seus leitores a isso, ou seja, em primeiro lugar à leitura habitual da obra do poeta e depois a recorrer aos auxílios de leitura que podem ser prestados por vários estudos. Embora seja uma apresentação geral da obra poética de Bandeira, este livro, como já referido, procurou não perder de vista o conjunto da obra do poeta. Sem pretender fazer deste uma espécie de chave explicativa para a poesia, procura também pelo menos apontar os diálogos que se travam entre seus vários setores.

2. OS DOIS PRIMEIROS LIVROS

Antes da publicação de seu primeiro livro, a coletânea de poemas intitulada *A cinza das horas*, de 1917, Bandeira já vinha havia muitos anos publicando poemas em jornais e revistas. Assim, essa estréia em livro não foi uma estréia precoce, pois além do mais o poeta já contava 29 anos. No entanto, muitos poemas do livro datam de pelo menos dez anos antes, o que significa que ele levava em conta essa produção da juventude. Todavia, anos depois o autor disse achar que o livro era composto de poemas díspares e desiguais em termos de qualidade. Ao longo do período de produção desses poemas, Bandeira também publicou na imprensa alguns artigos, em que fala do simbolismo e do parnasianismo, bem como de algumas questões técnicas no âmbito da poesia. No que se refere aos dois movimentos, fica claro que não há uma tomada de posição por parte de Bandeira; o que ele busca é a compreensão das características de cada um deles. Essa disposição certamente se reflete em sua própria produção poética, que incorpora elementos tanto de uma tendência quanto de outra. Já no que se refere às questões técnicas, estas são, antes de tudo, tratadas com especial minúcia, o que revela um grande conhecimento de causa.

Num artigo publicado em 19 de janeiro de 1919, intitulado "A Academia e Alphonsus de Guimaraens", dizia Bandeira: "Há, entre os nossos poetas da geração ainda do morto, uma alma distinta e delicada cujo canto, por excessivamente diverso da corrente poética em moda passou mal-ouvido e descompreendido da turba, mas encontrou ressonâncias profundas e indefinidas em muitos irmãos de soledade". O artigo foi escrito a propósito da vaga que se abrira na Academia Brasileira de Letras com a morte de Olavo Bilac (o morto referido na citação), e o trecho que fala do canto "excessivamente diverso da corrente poética em moda" refere-se ao parnasianismo, cuja expressão máxima no Brasil era Olavo Bilac. Por "irmãos de soledade" o texto se refere aos poetas do simbolismo, cujo maior poeta vivo entre nós era Alphonsus de Guimaraens. Bandeira está falando especificamente de uma eleição para uma associação literária, mas o texto deixa ver que ele não estabelece oposições entre os movimentos: "Não vejo outro poeta a quem com mais justiça poderia dar-se a sucessão de Bilac".

Ao lado dessa visão dos movimentos que não implica oposição exclusiva, o artigo de Bandeira apresenta ainda interesse pelos comentários que faz sobre a poesia de Alphonsus de Guimaraens. Eles giram em torno do aspecto místico da obra de Alphonsus, mas salientam também como esse aspecto convivia com outros: "A sua emoção era toda religiosa. Mesmo falando de seus amores terrenos, não lhe esquecia a imagem das coisas santas". Não é de estranhar que Bandeira se detenha justamente nessa aproximação, pois ao longo de sua própria obra aproximações semelhantes se darão. No campo dos amores terrenos, a poesia de Bandeira em diversos momentos tratará do tema das relações afetivas, mas também da própria sexualidade. No tocante ao aspecto religioso, este de fato também muitas vezes surge associado aos temas afetivos e sexuais, não no plano confessional, mas como elemento de um universo cultural.

Ainda no texto sobre Alphonsus, Bandeira refere uma outra caracterização do poeta: "*Poeta da morte, alma de assombros*—chama-se ele a si próprio algures". Encontram-se aí, mais uma vez, elementos que estarão presentes na obra de Bandeira, guardada, naturalmente, pelo menos a distância de tempo que separa as duas obras. O tema da morte está presente tanto na obra inicial de Bandeira quanto na posterior, assim como está presente aquele "assombro", no sentido do confronto com dimensões misteriosas, por vezes insondáveis.

É certo que alguns dos temas referidos têm ligações estreitas com o plano biográfico. Todavia, a partir, por exemplo, dos elementos fornecidos pelo texto sobre Alphonsus, vê-se que não têm raízes apenas no plano biográfico, mas que fazem parte também de uma tradição poética. Talvez se possa pensar que haja uma disposição desencadeada por uma experiência biográfica, mas que a realização do texto tem a ver com a experiência literária, seja a de um autor com que se tem afinidade, seja a de um conjunto de autores com concepções próximas. Ainda no texto sobre Alphonsus, Bandeira menciona o título de um livro do poeta, *Câmara ardente*. Esse título participa do mesmo universo que o título do primeiro livro de Bandeira, *A cinza das horas*, pois ambos têm a ver com a noção de que a vida é passageira (um tema, aliás, de longa tradição na poesia universal). O primeiro aponta de maneira direta a presença da morte, pois "câmara ardente" é a sala em que fica o corpo da pessoa falecida antes de se ter início o enterro; o segundo tem natureza metafórica, pois compara o tempo que se esvai às coisas que, queimadas, se desfazem em cinzas.

Na época desses livros é possível encontrar outros títulos da mesma natureza, o que indica uma proximidade de intenções de vários poetas — Mário Pederneiras publicou em 1900 *Agonia* e Guilherme de Almeida, em 1919, *A dança das horas*. *A cinza das horas* não é um livro que se poderia considerar simbolista. Podem-se considerar mais próximos do movimento um ou outro poema, do mesmo modo como um ou outro estariam mais próximos do parnasianismo. No todo, o livro tem a ver com sua época, em que se desfaziam tendências mais delimitadas e ainda não se haviam definido outras perspectivas. Para esse período se tem empregado a denominação *pré-modernismo*, que tanto pode ter uma significação apenas cronológica, como se referir a uma produção com características comuns que já antecipassem o modernismo. Dentro desse momento de transição, talvez também se pudesse incluir o trabalho de Bandeira entre os do chamado penumbrismo, uma tendência dentro do simbolismo cuja poesia se caracteriza, segundo definição de Norma Goldstein, "por uma melancolia agridoce, pelos temas ligados ao quotidiano, por uma morbidez velada", mas também por um processo de modificação formal do verso. Como adiante aos poucos se verá, em Bandeira encontram-se vários desses aspectos.

O poema inicial de *A cinza das horas*, "Epígrafe", diz em seus primeiros versos:

Sou bem nascido, Menino,
Fui, como os demais, feliz.
Depois, veio o mau destino
E fez de mim o que quis.

Tem-se aí uma indicação da perspectiva confessional do livro, marcado por forte tonalidade emotiva. No entanto, a proximidade com outras obras da época, tal como já referido, serve para mostrar uma possibilidade de leitura em que se perceba como esses poemas ultrapassam os limites estritamente pessoais. Outro elemento que contribui para essa leitura é a verificação que vários dos temas de caráter pessoal e que várias das abordagens emotivas encontradas nesse livro inicial continuarão a ser encontrados ao longo da obra de Bandeira, tratados naturalmente de acordo com outras concepções. Ou seja, sem descartar o componente autobiográfico, é preciso ter em mente que a constituição do poema não se faz apenas com esse componente, mas com muitos outros, que constituem a dimensão efetivamente literária do texto.

Os versos desse livro, publicado "para de certo modo iludir o meu sentimento de vazia inutilidade", mais tarde pareceram ao poeta "não transcender a minha experiência pessoal, como se fossem simples queixumes de um doente desenganado, coisa que pode ser comovente no plano humano, mas não no plano artístico" (*Itinerário de Pasárgada*). Essas opiniões do próprio poeta merecem, no entanto, ser consideravelmente relativizadas. Apesar de ser livro de cunho confessional, como o encarava seu autor, em *A cinza dos horas* já começava a se entremostrar o amplo espectro da obra futura. De início, a marcar o alcance do livro, nele se encontram alguns dos poemas mais conhecidos de Bandeira, como "Desencanto", "Cartas do meu avô" ou "Oceano".

Numa crônica bem posterior a essa época, "Gralhas", incluída na reedição de *Flauta de papel*, a certa altura Bandeira se refere a seus "tempos de iniciação parnasiana". Com essa referência ele nos remete a cuidados especiais com o vocabulário, como o emprego de vocábulos de uso não freqüente e considerados próprios para a poesia, além naturalmente de uma atenção toda especial à observância de normas estritas para os elementos da versificação, como métrica e rimas. Em parte esse aspecto contribui para explicar a qualidade da realização dos poemas de seu primeiro livro e como eles ultrapassam os limites estritamente pessoais. Antes de tudo isso se dá porque os poemas de natureza confessional escapam ao meramente circunstancial, adquirindo então uma outra dimensão, mais ampla. Para tal, tem papel considerável sua fatura. Mas não seria apenas em virtude de um virtuosismo técnico que esses poemas seriam o que são. O que importa é o que há neles de fluência e limpidez, que na maioria dos casos resulta da destreza com que o poeta harmoniza os elementos constitutivos do texto. Assim, em um poema como "A minha irmã"—em que o poeta se dirige à irmã, reconhecendo e agradecendo sua solicitude—é encontrado, por exemplo, um diminutivo no final do poema que poderia muito bem descambar para o puramente sentimental; é o conjunto harmônico e estruturado de todos os componentes do poema que impede essa possibilidade:

> Por isso eu te amo, e, na miséria minha,
> Suplico aos céus que a mão de Deus te leve
> E te faça feliz, minha irmãzinha...

Essa habilidade se manifesta em outros planos, como no do ritmo, o que se pode ver num poema como "Poemeto erótico". Escrito em redondilhas maiores — versos de sete sílabas, de longa tradição na literatura luso-brasileira, inclusive de origem popular —, o poema não apenas tem como tema o erotismo, mas também o faz surgir em sua própria construção. Fala de um corpo, e o faz por meio de sucessivas comparações, sobretudo com coisas perceptíveis pelos sentidos:

> Teu corpo é tudo o que cheira...
> Rosa... flor de laranjeira...

Mas o dado erótico não se encontra apenas nesse sensualismo. Encontra-se ainda no ritmo, entendido este de forma mais abrangente, e não apenas como contagem de sílabas. A comparação, que vem a ser uma forma de descrição, funciona assim também como uma forma de apreensão. Desse modo, um sensualismo generalizado, em que coisas variadas são associadas ao corpo, se instala por meio do processo de enumeração. O corpo como que toma forma com a agregação de palavras que o retratam, ou seja, ele se consubstancia no próprio poema, conforme diz a própria declaração de intenção que se lê na primeira estrofe: "Quero possuí-lo no leito / Estreito da redondilha". Isto se dá em períodos breves e em estrofes curtas, havendo algumas de apenas um verso, compostas como que de definições sumárias do corpo. Além disso, o poema é pontuado preponderantemente por reticências, que sugerem um alongamento do movimento em que se vão introduzindo cada vez mais componentes da enumeração. É esse conjunto de elementos que constitui o ritmo do poema.

Composto ao longo das décadas de 1900 e 1910, o primeiro livro de Bandeira dificilmente se localizaria de modo integral em uma escola, como acima já se observou. Embora tenha ligações com o simbolismo, seu simbolismo conjuga diversas ascendências, entre as quais a influência da tradição lírica portuguesa, como se pode ver nos poemas "A Camões" e "A Antônio Nobre". Temas como a desesperança, o desalento, a tristeza, o erotismo, a morte percorrem o livro, com imagens freqüentes em poetas associados ao simbolismo. Assim, a noite, a névoa, o luar, a solidão e a morte se encontram nos textos de um poeta que em "Desencanto" confessa:

> Eu faço versos como quem chora
> De desalento... de desencanto...

Embora em escala menor, alguns traços parnasianos, também como já referido, estão presentes em certos poemas. Em "A aranha", por exemplo, é perceptível a eliminação da dimensão emocional — que aflora em quase todos os outros poemas. O poema é uma espécie de apólogo, ou seja, uma narrativa em que se apresenta uma verdade por meio de uma história com animais. No caso, o fato de o personagem do poema ter ganhado a forma da aranha vem a ser conseqüência de sua ousadia, mas ela preserva, na elaboração de sua teia, a mesma habilidade formal que tinha em suas rendas. A história é exposta sem qualquer elemento que revele estados emocionais. E este é um aspecto importante nessa tendência poética. Assim, outro poema do livro, "D. Juan", apresenta também essa impassibilidade como elemento de sua elaboração formal.

Em termos formais, há preponderância, em *A cinza das horas*, das formas regulares e da unidade métrica, mas já há também a ocorrência de formas não regulares e do polimetrismo, ou seja, de versos com medidas diferentes no mesmo poema. Assim, são regulares naturalmente os poemas que adotam formas fixas, como o soneto, no caso de poemas como "Voz de fora" e "À beira d'água". Mas são também regulares poemas como o "Poemeto irônico", composto de sete estrofes, todas de quatro versos de nove sílabas e com rimas alternadas, ou seja, em cada estrofe o primeiro verso rima com o terceiro e o segundo com o quarto. Já o "Poemeto erótico" é constituído por estrofes de número variado de versos, e as rimas seguem também padrões diversos; aqui se observa, porém, que o número de sílabas é sempre o mesmo, o que é até anunciado pelo próprio poema em sua primeira estrofe: trata-se sempre do verso de sete sílabas, a redondilha mencionada. O poema "Ruço", por sua vez, oferece um bom exemplo do uso de versos com número de sílabas diferentes: há versos de quatro, de oito, de nove, de onze, de treze sílabas.

Dois anos depois de *A cinza das horas*, ou seja, em 1919, Bandeira publicou o segundo livro de poemas, *Carnaval*. Este, como o anterior, é constituído por poemas escritos em diferentes épocas; vários deles são anteriores mesmo à publicação de *A cinza das horas*, como "Menipo", que é de 1907, e "Alumbramento", que é de 1913. Bandeira chegou a comentar que o considerava excessivamente desigual. O fato de mais uma vez se tratar de uma coletânea de poemas de épocas distintas talvez chame também a atenção para o fato de que os poemas às vezes são mesmo muito diversos, constituindo como que uma série de experiências distintas. Nesse livro, mais do que no anterior, encontram-se muitos exemplos de poemas mais ligados aos padrões da poesia parnasiana, como "Menipo", "A ceia", "A morte de Pã".

A propósito dessa situação, vale lembrar um dos primeiros textos de crítica publicados por Bandeira. Trata-se de "Uma questão de métrica", que saiu no jornal carioca *O Imparcial*, em 25 de dezembro de 1912, bem antes portanto da publicação do primeiro livro de poemas, mas numa época em que ele já havia escrito vários dos poemas que integrariam tanto o primeiro quanto o segundo livro. Esse artigo trata minuciosamente de algumas questões técnicas de poesia. E o mesmo ocorrerá em dois outros artigos — "À margem dos poetas", publicado em um jornal da cidade mineira de Juiz de Fora, o *Correio de Minas*, em 30 de junho de 1917, e "Por amor de um verso", publicado no mesmo jornal em 15 de julho de 1917. Esses textos são artigos minuciosos sobre questões de métrica e revelam como Bandeira tinha conhecimento do assunto e como se interessava por ele. A esses artigos poderíamos acrescentar uma carta que escreveu a seu tio Raimundo Bandeira (a data da carta é incerta, mas provavelmente janeiro de 1910). Em grande parte, essa carta trata de questões literárias e artísticas. Ao se referir a literatura, fala de uma "definição do que é clássico". Logo, porém, o assunto central passa a ser uma discussão sobre tipos de versos e suas medidas. O que isso mostra é a grande importância que esse aspecto ocupava na abordagem das questões literárias, tornando-se em muitos casos o elemento central. Na prática da poesia, Bandeira estava imbuído desses conhecimentos e dos pontos de vista que defendia nesses textos, de modo que seus poemas estão também integrados a esses contexto e por isso são de certo modo experiências de diversas possibilidades. Isso explica, pelo menos em parte, sua diversidade, que então não poderia ser atribuída, como sugere o próprio Bandeira, ao seu não domínio integral da técnica do verso. Nesses textos, Bandeira tende a encarar a diversidade dos movimentos literários a partir do ponto de vista da versificação. Assim, diz ele no artigo "Uma questão de métrica": "Todavia, é curioso notar, na poesia, o pouco caso que os poetas fizeram das inovações em matéria de técnica. Abra-se exceção única para os parnasianos. Esses assimilaram integralmente os processos dos mestres franceses". Mais adiante, no entanto, salienta certas peculiaridades dos simbolistas: "Os simbolistas, que no domínio das idéias e sensações trouxeram-nos alguma coisa nova, são, no que respeita à forma, apenas parnasianos". Assim, essa discussão poderia conduzir uma leitura não só de *Carnaval*, mas também do livro anterior. Na verdade, porém, uma poesia não se faz só de aspectos formais como a métrica, mas de vários outros (entre os quais a escolha dos temas), como aos poucos iremos vendo.

O próprio título do segundo livro já desperta atenção, pois se oporia ao do primeiro. Se o primeiro está ligado a um estado de desalento, o segundo indicaria o estado oposto de alegria — mas isto se dá apenas aparentemente. O último poema do livro, "Epílogo", fornece a concepção do carnaval que dá título ao livro e até mesmo a proveniência do título. Nesse poema se lê: "Eu quis um dia, como Schumann, compor / Um Carnaval todo subjetivo". Em primeiro lugar, a menção a Schumann se explica pelo fato de este compositor do romantismo alemão ter escrito uma peça para piano que se intitula *Carnaval*. A referência ao aspecto subjetivo da peça de Schumann como modelo que em seu livro não é alcançado mostra a importância dessa dimensão — a subjetividade — na poesia de Bandeira. No entanto, este, sempre tomando a peça de Schumann como termo de comparação, considera que o que conseguiu foi "a morta morta-cor / Da senilidade e da amargura... / — O meu Carnaval sem nenhuma alegria!...". Assim, *Carnaval*, em linhas gerais, daria prosseguimento a uma exploração da visão e dos estados emocionais já presentes em *A cinza das horas*.

A peça de Schumann fornece ainda outros elementos para a compreensão do livro. Dividida em 20 partes, os títulos de pelo menos duas delas devem ser lembrados: "Arlequin" e "Pierrot", que são personagens, juntamente com Colombina, da *commedia dell'arte*, uma forma de teatro italiano do século XVII, caracterizado pelo aspecto cômico e pela improvisação. Os três estão presentes em vários dos poemas do livro de Bandeira, como "Canção das lágrimas de Pierrot", "Pierrot branco", "Pierrot místico", "Rondó de Colombina", "O descante de Arlequim", para não falar dos poemas que se referem explicitamente ao carnaval, como "Sonho de uma terça-feira gorda" e "Poema de uma quarta-feira de cinzas". Esse tema esteve muito em voga na passagem do século XIX para o XX, o que mais uma vez mostra as relações da obra de Bandeira com o contexto. Houve até mesmo uma revista carioca intitulada *Pierrot*, na qual colaboravam muitos escritores ligados ao simbolismo.

Anos depois, Bandeira faria um comentário (em que recorre a Schumann, mais uma vez, e a uma citação do poeta T. S. Eliot) que contribui para a compreensão do título do livro e de seu sentido geral: "O meu Carnaval começava ruidosamente, como o de Schumann, mas foi-me saindo tão triste e mofino, que em vez de acabar com uma galharda marcha contra filisteus, terminou chochamente 'not with a bang but a whimper' [não com uma explosão mas com um suspiro]" (*Itinerário de Pasárgada*). De certo modo, ele diz com outras palavras o que já dizia no poema "Epílogo". Aqui faz menção não apenas ao aspecto subjetivo, mas sobretudo ao próprio tom dos poemas, que acabam por ser o oposto do tom que se observa na parte final ("a marcha contra os filisteus") da peça *Carnaval* de Schumann. O carnaval dessa poesia melancólica não é assim o da festa de alegre efusão; antes, é o da conturbação, da angústia e da amargura. Na "Epígrafe" que abre o volume lê-se justamente: "O aspecto carnavalesco lhe vinha menos do frangalho de fantasia do que do seu ar de extrema penúria". Nesse trecho, talvez mais enfático que as outras referências ao espírito do livro, talvez também se possa ver uma alusão a uma insatisfação com a feitura dos poemas.

Alguns poemas, como "A ceia", "Menipo" ou "A morte de Pã", o próprio poeta considerou como "pastiches parnasianos", ou seja, cópias mal feitas da produção parnasiana. Mas o livro inclui ainda poemas vinculados a outras linhagens poéticas. Assim, no poema "Pierrette", encontram-se faunos, salamandras e gênios, figuras muito freqüentes no universo simbolista. Também faz parte desse universo a clara busca de musicalidade que se verifica no poema, tal como nos versos "E salamandras desfalecem / Nas sarças, nos braços dos bruxos", com sua sucessão de sonoridades semelhantes. Esse trabalho com a sonoridade tem não apenas a intenção de alcançar uma harmonia em termos de sons, mas de fazer da sonoridade um elemento que tenha uma significação mais forte, associada ao tema. No plano formal, o segundo livro de Bandeira permite ainda duas observações. A primeira é quanto ao uso das rimas toantes, ou seja, de rimas entre as vogais tônicas, e às vezes das átonas que se seguem, com desprezo das consoantes. O exemplo é o poema intitulado exatamente "Toante", onde na primeira estrofe são essas as rimas: pálidas/cálice, boca/boa. A segunda observação é quanto ao emprego do verso livre, que já aparece em poemas como "Debussy" e "Sonho de uma terça-feira gorda", embora o próprio poeta não considerasse os versos desses poemas propriamente livres, pois "ainda acusam o sentimento da medida" (*Itinerário de Pasárgada*). Formalmente se tratava de versos que independiam da contagem de sílabas; o "sentimento da medida" a que o poeta se refere pode ser entendido como a tradição ou o contexto com que eles ainda se relacionavam.

Carnaval provocou comentários depreciativos ou irônicos, como a nota estampada na *Revista do Brasil*, à época dirigida por Monteiro Lobato. Mas recebeu também comentários favoráveis, como os de José Oiticica e de João Ribeiro. Este, em sua crítica, fazia a seguinte apreciação: "Tudo é de esmerado lavor; bastaria uma só das composições do *Carnaval* para dizer como é numeroso o ritmo dos seus versos e como é consumada a arte com que os compõe". O mais importante, porém, foi que atraiu a atenção do grupo paulista que em breve desencadearia a revolução modernista. Um dos poemas do livro chamou atenção em especial: "Os sapos". Sátira aos parnasianos, esse poema introduzia na poesia de Bandeira o humor, que papel fundamental desempenharia em sua poética. Três anos depois da publicação do *Carnaval*, "Os sapos" foi declamado por Ronald de Carvalho no Teatro Municipal de São Paulo, durante a Semana de Arte Moderna.

3. MOMENTO DE MUDANÇA

O terceiro livro de poemas de Bandeira, *O ritmo dissoluto*, foi publicado em 1924, num volume que incluía os dois anteriores. Assim, vinha a público num conjunto que passou a ser visto como a produção que antecedia a atuação mais explicitamente modernista do poeta. Considera-se mesmo esse trio como a produção pré-modernista de Bandeira. Essa classificação, como quase toda classificação, tem não tanto vantagens, mas a comodidade de ajudar a compreender as alterações por que vai passando a produção do poeta. Corre, porém, o risco de induzir a uma compartimentação que não corresponde à realidade.

O título *O ritmo dissoluto* já é um elemento que permite aproximações tanto com o livro que o antecede, *Carnaval*, quanto com o que viria a ser publicado a seguir, *Libertinagem*. Não é difícil, num plano amplo de significações, essa aproximação entre os três títulos. É verdade que aí há o perigo de se incorrer em alguma tentativa forçada. Isto porque os três títulos não se referem aos mesmos planos da criação poética. No caso de *Carnaval*, como já se viu, não se trata de um livro que se ocupe do carnaval tal como hoje em geral é compreendido; trata-se sobretudo de uma visão literária com base em representação cênica tradicional. O terceiro título, como adiante se verá de modo mais detalhado, tem a ver não com uma suposta dimensão de comportamento, mas com a ampla liberdade buscada então pelos poemas, em todos os planos por que este é composto. No caso de *O ritmo dissoluto*, a associação se faz de imediato com o ritmo do verso, podendo-se ver no título a indicação de que esse ritmo está em questão.

De fato, vários poemas do livro abandonam a métrica tal como até então empregada pelo poeta na maioria de seus poemas. O próprio autor indicou que nos poemas desse livro ele passava a experimentar várias novas possibilidades rítmicas, de que viera tomando conhecimento nos últimos anos graças à leitura sobretudo de alguns poetas franceses. De modo específico, essas possibilidades rítmicas estão localizadas no verso, ou melhor, dizem respeito à métrica. Assim, em vários poemas do livro, deixa-se de usar o verso metrificado para usar o verso livre. Há casos, porém, em que o poema ainda recorre ao verso metrificado, mas sem usá-lo de modo sistemático. No uso mais habitual desse verso, em um poema se usam versos sempre com a mesma contagem métrica. Isso, porém, não é uma regra absoluta, o que se verifica na tradição poética. Na poesia de Bandeira há exemplos da sistematização no uso de metros diferentes. No poema "Bacanal", do livro *Carnaval*, as seis estrofes têm quatro versos cada; os três primeiros versos de cada estrofe têm sempre sete sílabas, enquanto o último, um refrão, tem sempre quatro. O que acontece algumas vezes em poemas do livro *O ritmo dissoluto* é o uso não sistemático de versos com número diferente de sílabas. O abandono da métrica se associa ainda ao abandono da rima. Mas em um poema como "Quando perderes o gosto humilde da tristeza" é possível perceber não só que os versos guardam "um certo ritmo de medida", havendo aqui e ali versos com o mesmo número de sílabas, como também há rimas que se sucedem e se repetem ao longo do poema. Na mesma passagem do *Itinerário de Pasárgada* em que faz esse comentário, Bandeira afirma não gostar de modo algum desse tipo de mistura. Nesse aspecto, o horizonte desse livro é o verso livre, espaço em que se darão também várias outras modificações em sua poesia.

Pode-se entender o título do livro, *O ritmo dissoluto*, num sentido mais amplo, tal como se entende o *Libertinagem* do livro seguinte. Assim, como a amplitude de liberdade indicada por esse título se aplica a vários aspectos da poesia, também o termo "ritmo" pode ser entendido num sentido mais amplo que não apenas aquele definido pela métrica, pela contagem das sílabas. O ritmo na poesia pode ser compreendido como a organização de todos os elementos envolvidos num conjunto de poemas. Esses elementos podem ir da ordenação em estrofes, passando pelo vocabulário escolhido, pelo tom empregado, pela disposição gráfica, até mesmo a ordenação dos poemas. Assim, em *O ritmo dissoluto*, há a convivência de poemas ligados a formas tradicionais e de poemas mais inovadores. Eles não estão agrupados de modo isolado, há uma alternância de poemas de um tipo e outro, o que cria um ritmo de leitura. Num poema como "Os sinos", o ritmo do poema é criado pela repetição alternada das expressões "sino de Belém", "sino da paixão". Já num poema como "Noturno da Mosela", as reticências do primeiro verso têm evidente papel significativo, ao introduzirem um aspecto de indefinição, por meio de sua função rítmica, tornando mais demorado o andamento. No poema "Na rua do sabão", no meio aproximadamente do poema lê-se esta passagem:

> E foi subindo...
>
> >para longe...
>
> >>serenamente...

Um pouco adiante, se encontra esta estrofe:

> A molecada salteou-o com atiradeiras
> >assobios
> >apupos
> >pedradas

Nos dois casos, a disposição dos versos não é a que se encontrava na poesia tradicional; ao criar essa disposição nesse poema, Bandeira procurou como que enfatizar visualmente o que se expunha no plano verbal. No primeiro caso, o espaçamento em diferentes linhas cria um ritmo mais lento para o vôo do balão. No segundo caso, o destaque visual dado ao conjunto de elementos dá a eles o aspecto de coisas que se amontoam na página, tal como se acumulam alvoroçadamente na cena descrita pelo poema.

Em vez de entender o título *O ritmo dissoluto* como se referisse apenas a um aspecto da elaboração dos poemas, pode-se compreender que, ao atribuí-lo a esse conjunto de poemas, Bandeira estaria indicando toda a série de situações que se verificam no livro. Ele próprio se referiu a esse livro como um livro de transição. E chamou a atenção para o fato de alguns críticos o considerarem como um momento menos importante de sua criação. Mencionou o caso do crítico Adolfo Casais Monteiro, que julgava que no livro já não havia o que estava nos livros anteriores, mas que ele também não havia chegado a uma elaboração clara de algo novo. O livro seria algo indefinido. Provavelmente o que provocou certo desconforto entre alguns de seus leitores foram tanto as rupturas evidentes que ali se encontram quanto o espectro de possibilidades novas admitidas em várias das experiências do livro.

Na verdade, *O ritmo dissoluto* constitui mais um avanço nas experiências iniciadas em *Carnaval* no plano da métrica, das rimas, das formas. Em outro plano, o livro de 1924 — ou seja, de dois anos após a Semana de Arte Moderna — aprofunda o coloquialismo, o prosaico, incorporando com freqüência maior elementos de origem popular. Esse aspecto ressalta o processo de abrasileiramento em que tanto insistia Mário de Andrade. Assim, nesse plano estão poemas como "Na rua do sabão", "Berimbau", "Meninos carvoeiros", que antecipam poemas do livro seguinte, tanto pela apresentação de lendas ou brincadeiras populares, quanto pelo do uso de um vocabulário que às vezes tem origem nessas formas populares. Assim, no poema "Na rua do sabão", alguns versos reproduzem a letra da cantiga tradicional:

> Cai cai balão
> Cai cai balão
> Na Rua do Sabão!

Ao mesmo tempo, persistem elementos que ocupam o universo poético de Bandeira desde suas primeiras produções. Vê-se isso num poema como "O menino doente", em que se associam lembranças de infância, a doença e cantigas tradicionais. O mesmo se encontra em "Madrigal melancólico", em versos que sumariam as perdas do poeta:

> O que eu adoro em ti,
> Não é a mãe que já perdi.
> Não é a irmã que já perdi.
> E meu pai.

É verdade que essas referências diretas a elementos da memória do autor são esporádicas. Mas o aspecto autobiográfico a que obviamente estão ligados é um elemento preponderante no livro.

Chama ainda a atenção em vários poemas a presença muito freqüente da natureza, o que se observa em poemas como "A mata", "Mar bravo", "Murmúrio d'água". Na poesia anterior de Bandeira, a presença da natureza já era digna de nota, mas aqui ela se dá de modo diferente. Antes, em muitos casos, era apresentada por meio de uma descrição distanciada. No poema "Crepúsculo de outono", de *A cinza das horas*, uma das estrofes diz:

> O sol fundiu a neve. A folhagem vermelha
> Reponta. Apenas há, nos barrancos retortos,

Flocos, que a luz do poente extática semelha
A um rebanho infeliz de cordeirinhos mortos.

Em *O ritmo dissoluto*, tem-se uma natureza apresentada de modo mais concreto, não pela minúcia descritiva, mas sobretudo pela proximidade: "Murmúrio d'água, és tão suave a meus ouvidos"; "Mar que ouvi sempre cantar murmúrios". Em alguns casos, ela é bem situada, fazendo parte da biografia do poeta. No poema "A estrada", o primeiro verso diz: "Esta estrada onde moro, entre duas voltas do caminho". Esse poema é datado de Petrópolis, cidade onde o poeta costumava passar temporadas, assim como também é datado dessa cidade o poema "Noturno da Mosela" (Mosela é o nome de um bairro da cidade). Assim, a natureza se associa à poesia de cunho confessional, o que faz parte de uma mudança significativa na poética de Bandeira.

Gilda de Mello e Sousa e Antonio Candido, num importante estudo sobre a obra de Bandeira, mostram como a partir de *O ritmo dissoluto* ocorre uma maior definição e uma maior ordenação tanto das coisas quanto dos sentimentos. A partir desse livro passa a haver "uma adesão mais firme ao real", que se acentuará com *Libertinagem*. Ajuda a compreender como se dá essa adesão a referência que, também a propósito desse instante de mudança em Bandeira, o crítico Luiz Costa Lima fez a "realismo coloquial", expressão que ressalta como a "adesão ao real" não implica abandono da individualidade, o que é ressaltado pela dimensão coloquial, não apenas no sentido de uma linguagem menos formal, mas de uma linguagem que continua marcada pela intimidade e pela afetividade. Essa adesão pode ser percebida de modo mais direto em poemas como aqueles que recuperam elementos da cultura popular. Todavia, no conjunto dos poemas de aspecto confessional, a exposição dos sentimentos se dá de maneira mais direta, e não por meio de elementos da tradição literária, como no caso dos vários poemas de *Carnaval* que se valiam dos personagens da *commedia dell'arte*.

O conjunto desses novos aspectos faz com que em vários poemas de *O ritmo dissoluto* haja uma espécie de diálogo entre a natureza e os sentimentos expressos. É possível identificar um conjunto de poemas que podem ser lidos nessa perspectiva, entre os quais "A estrada", "Sob o céu todo estrelado", "Noturno da Mosela", "A mata". Naturalmente, nem todos deverão ser lidos apenas nessa perspectiva, assim como ela também poderá ser percebida em poemas de outra natureza. No entanto, esse núcleo terá continuidade no restante da obra de Bandeira e constitui uma de suas vertentes principais, na qual se encontram tanto algumas das principais questões da poética bandeiriana quanto algumas de suas mais altas realizações. Um bom exemplo é o poema "Noite morta", com o tema da morte que será insistentemente retomado pelo poeta. Esse tema, por sua vez, se associa à reflexão sobre a inevitável passagem do tempo, como no "Noturno da Mosela":

> Mas esta queda-d'água que não pára! que não pára!
> Não é de dentro de mim que ela flui sem piedade?...
> A minha vida foge, foge — e sinto que foge inutilmente!

Esses versos mostram, além do mais, até onde se estreita a relação entre a natureza e a dimensão confessional;

freqüentemente a primeira será não apenas um cenário, mas o elemento expressivo das inquietações emocionais apresentadas pelo poema. Em "A estrada", os versos finais constituem uma bela suma não apenas dessas inquietações, mas também da relação entre os elementos aí presentes:

> Nem falta o murmúrio da água, para sugerir, pela voz dos símbolos,
> Que a vida passa!, que a vida passa!
> E que a mocidade vai acabar.

4. MODERNISMO

Em 1937, Bandeira publicou seu primeiro livro de prosa, intitulado *Crônicas da província do Brasil,* título que já traz algumas indicações sobre a obra. Trata-se de uma seleção de textos publicados na imprensa, que abordam sobretudo assuntos brasileiros (o livro tem também algumas crônicas que se ocupam de outros assuntos, mas estas estão reunidas no final do volume, numa seção intitulada "Outras crônicas"). Um outro elemento que ajuda a compreender os propósitos e o alcance desse livro é o fato de ele reunir crônicas escritas sobretudo em torno de 1930. Na seleção que fez para o livro, Bandeira deixou de fora muitos textos que havia escrito para a imprensa anteriormente, desde pelo menos inícios da década de 1920. Isso significa que os textos que ele reuniu não só estão dentro de um determinado período, mas dentro de uma preocupação que dominou um grupo de escritores nessa época, ou seja, escritores com a atenção voltada para questões brasileiras. Desse mesmo período são livros como *Casa grande & senzala* de Gilberto Freyre e *Raízes do Brasil* de Sérgio Buarque de Holanda. Diferentemente desses grandes títulos, que são estudos sistemáticos e aprofundados, as crônicas de Bandeira são textos em sua maioria breves, destinados à imprensa diária, mas nem por isso deixam de abordar com argúcia e conhecimento de causa vários assuntos. Assim, essas crônicas se ocupam de escritores modernistas (Drummond, Mário de Andrade, entre outros), de pintores que estavam surgindo (Tarsila, Portinari), de cenas urbanas, de música e religiosidade popular, bem como da preservação de nosso patrimônio arquitetônico. Todas essas questões faziam parte do universo de interesses do modernismo. Ao lado de um processo de renovação artística e de direcionamento do interesse para áreas até então não exploradas, como a cultura popular, havia também a preocupação, dentro da atenção voltada para a cultura brasileira, com o conhecimento da história e da história dessa cultura, em que a preservação do patrimônio naturalmente ocupa papel fundamental. Assim, a criação do Serviço do Patrimônio Histórico e Artístico Nacional data dessa mesma época, e vários intelectuais modernistas, como o próprio Bandeira, além de Mário de Andrade, participaram desse órgão.

Ainda a partir do título desse livro, é possível observar outros aspectos interessantes para a compreensão de sua importância. Quando se fala em crônica, sobretudo hoje em dia, se pensa em geral em textos de pequena extensão que abordam assuntos os mais variados possíveis, mas muito freqüentemente pequenos fatos do cotidiano, acontecimentos do noticiário recente tanto num campo de interesse mais amplo, como a política, quanto em áreas de interesse limitado, como uma disputa entre vizinhos. No entanto, em *Crônicas da província do Brasil* encontram-se textos de longa extensão, com algumas dezenas de páginas, como é o caso dos textos sobre Ouro Preto ("De Vila Rica de Albuquerque a Ouro Preto dos estudantes"), sobre a "Bahia" e sobre "O Aleijadinho". Nesses textos, pode-se entender o termo crônica em seu sentido de registro ou narração histórica, pois neles se apresenta a história desses locais, no caso das duas cidades, com especial atenção à sua condição de localidades onde se encontra importante patrimônio arquitetônico, enquanto no caso da crônica sobre Aleijadinho, além da apresentação biográfica, o texto se estende na caracterização de sua obra.

Assim, em relação ao uso do termo "crônica" deve-se levar em conta como o autor lida livremente com a denominação de um gênero já de si bastante livre. No caso do outro elemento do título, "província", também se trata de termo que carrega algumas informações úteis para a compreensão não apenas do título e do livro, mas das concepções de Bandeira. O primeiro dado que se tem a esse respeito é o fato de uma parte dos textos do livro ter sido escrita para o jornal pernambucano *A Província*. Mas, para além desse dado, seria possível entender a palavra, no conjunto do título, como um vestígio de alguns títulos antigos de crônicas, como já referido, no sentido de registro histórico, quando o Brasil era uma colônia. Ainda se pode entender o termo no sentido de se referir ao que está fora da metrópole, do grande centro, e que assim poderia ter conotações negativas de atraso, de defasagem. Em diversos momentos, porém, fica claro que não se trata dessa última situação. Para Bandeira, se por província se designa aquilo que não faz parte do grande centro, designa-se também a possibilidade do reconhecimento de valores próprios, novos, de uma identidade com história e cultura. Assim, seria possível dizer que o título já indica uma maneira própria de lidar com um gênero, uma direção dos interesses para as questões nacionais e mesmo uma concepção dessas questões. Naturalmente no livro essas perspectivas não estão delimitadas, mas elas podem ser depreendidas ao longo da leitura dos diversos textos, que vão fornecendo elementos para a percepção da posição de Bandeira.

Da mesma época em que surgem na imprensa os textos que compõem o *Crônicas da província do Brasil* são os livros de poesia *Libertinagem* e *Estrela da manhã*. O primeiro foi publicado em 1930, mas os poemas que o formam já vinham sendo escritos há alguns anos, aproximadamente cinco anos antes. *Estrela da manhã* reúne em geral poemas escritos logo a seguir e é um livro que se pode considerar como contemporâneo de *Crônicas da província do Brasil*, pois foi publicado em 1936, estando separado do livro de crônicas por apenas alguns meses.

1930 foi um ano especial para a poesia brasileira. Além de *Libertinagem*, foram também publicados nesse ano um livro de Augusto Frederico Schmidt, *Pássaro cego*, e os livros de estréia de Carlos Drummond de Andrade, *Alguma poesia*, e de Murilo Mendes, *Poemas*. O livro de Augusto Frederico Schmidt seguia um caminho distinto dos outros três, numa poesia de caráter mais discursivo. No caso dos dois livros de estréia, tratava-se do início de duas grandes obras da poesia brasileira, enquanto o livro de Bandeira se podia considerar como a consolidação de uma trajetória. Essas publicações foram objeto de um ensaio de Mário de Andrade, publicado na *Revista Nova*, no ano seguinte, e posteriormente incluído em seu livro *Aspectos da literatura brasileira*. O título do trabalho era simples — "A poesia em 1930" —, mas se trata de um estudo de grande importância para a compreensão não só dos quatro livros, mas da poesia modernista.

Assim, o texto começa ressaltando o fato de que os dois estreantes (Murilo Mendes e Drummond) já podiam ter publicado em livro há mais tempo, pois, como os outros dois (Bandeira e Schmidt), estavam livres dos perigos da poesia produzida pela juventude, sobretudo naquele momento, em que o uso do verso livre dava a ilusão de que qualquer um poderia fazer poesia, quando na verdade esse aspecto era um verdadeiro problema. E esta é a primeira questão abordada pelo texto em relação aos quatro poetas:

> O que logo salta aos olhos, nestes poetas de 1930, é a questão do ritmo livre. Verso livre é justamente aquisição de ritmos pessoais. Está claro que se saímos da impersonalização das métricas tradicionais, não é pra substituir um encanto socializador por um vácuo individual. O verso livre é uma vitória do individualismo... Beneficiemo-nos ao menos dessa vitória. E é nisso que sobressaem as contribuições de Manuel Bandeira e Augusto Frederico Schmidt.

Libertinagem é um livro de extrema importância tanto dentro da obra de Bandeira quanto para a literatura brasileira. Nele se consolidam as modificações por que a obra de Bandeira passa em função da consonância entre suas concepções e o modernismo. É o que a esse respeito diz Mário de Andrade: "*Libertinagem* é um livro de cristalização. Não da poesia de Manuel Bandeira, pois que este livro confirma a grandeza dum dos nossos maiores poetas, mas da psicologia dele. É o livro mais indivíduo Manuel Bandeira de quantos o poeta já publicou". Um dado importante nessa observação é a referência à "psicologia dele", pois ressalta como continua importante a dimensão subjetiva na poesia de Bandeira, mesmo no momento de maior associação com um movimento literário; além disso, é a forte personalidade própria do livro que lhe dá importância como grande obra modernista.

Um dos poemas do livro, "Poética", pode ser lido, conforme indicado pelo título, como uma formulação dos princípios que norteiam os poemas de *Libertinagem*. O primeiro verso — "Estou farto do lirismo comedido" — tornou-se bastante conhecido e é sempre repetido quase como um lema de uma poesia que se torna possível a partir da revolução modernista. O verso fala claramente de um cansaço em relação a um tipo de poesia, o "lirismo comedido", ou seja, a poesia feita anteriormente, e assim indica que preconiza uma outra poesia. O termo "poética" denomina, de forma bem genérica, um tratado sobre literatura. Assim, a poética mais famosa é o livro de Aristóteles. A "Poética" de Bandeira, mesmo que seja tomada como um tratado, é na verdade um poema e, desse modo, não apresenta uma exposição sistemática, sendo composto por procedimentos próprios da poesia e não por um discurso lógico, sistemático.

Quando fala em "lirismo comedido", não explicita o significado da expressão, que pode, como é próprio da poesia, ser compreendido pelo menos de algumas formas. Pode ser compreendido como a poesia anterior, feita segundo padrões formais preestabelecidos ou mesmo em conformidade com algumas delimitações no plano temático. Mas se o poema, ao longo de vários de seus versos, constitui uma apresentação daquilo que é objeto de recusa, faz também a apresentação do que ele abraça, ou seja, do lirismo novo, do lirismo que é o seu. O poema é composto de vinte versos, sendo possível considerar que oito deles apresentariam a perspectiva poética nova que interessa ao poeta, enquanto os restantes apresentariam o que é rejeitado. Quatro desses oito versos constituem uma estrofe que assim se inicia: "Quero antes o lirismo dos loucos". Nos versos seguintes esse lirismo recebe ainda outras qualificações: "dos bêbados" e "dos clowns de Shakespeare". Estão aí referências que apontam para algo fora dos padrões, das convenções. Nesse plano seria possível entender o lirismo como uma manifestação de certas condições. Mas numa outra estrofe de três versos se lê:

> Todas as palavras sobretudo os barbarismos universais
> Todas as construções sobretudo as sintaxes de exceção
> Todos os ritmos sobretudo os inumeráveis

No caso desses versos, antes de observar o que dizem, é importante notar como se apresentam. Eles se seguem a uma estrofe constituída de apenas um verso: "Abaixo os puristas". O isolamento desse verso, destacado pelos espaços que o separam das outras estrofes, acentua sua condição de exclamação, talvez um grito, mas certamente uma palavra de ordem. Os três versos que vêm na estrofe seguinte (referidos na página anterior) na verdade dão continuidade a essa palavra de ordem. Como exclamação, essa palavra de ordem é uma frase simples, direta, sem verbo, ou seja, é uma frase nominal, constituída por uma interjeição, um artigo e um substantivo. Os três versos, então, também são frases nominais, também têm esse aspecto de exclamação, de palavra de ordem; podem ser compreendidos como uma enumeração que dá continuidade ao substantivo "puristas", ou seja, "abaixo... todas as palavras..." e assim por diante. Desse modo, a maneira como esses versos foram construídos é resultado de um tipo de sintaxe que seria estranha no "lirismo comedido". Essa construção acarreta ainda uma outra conseqüência no plano poético, pois tem implicação direta no ritmo do poema. Com construções desse tipo, que não se prendem a formas mais convencionais, pode-se ter a impressão de que o ritmo do texto flui mais rapidamente, enquanto se estabelecem pausas maiores entre os versos, já que não há conexões. E isso que acontece nos versos é exatamente o que eles próprios pedem: as sintaxes de exceção, os ritmos inumeráveis, os barbarismos (ou seja, o que se considera como erro em termos de linguagem).

No artigo já referido de Mário de Andrade, ele afirma que "essa cristalização de Manuel Bandeira se nota muito particularmente pela rítmica e escolha dos detalhes ocasionadores do estado lírico". Aqui ele observa justamente as modificações do ritmo, que chega àqueles "ritmos inumeráveis". Observa também esses "detalhes ocasionadores do estado lírico", ou seja, refere-se àquilo que aparece no poema como elementos do tema ou aquilo de que o poema fala. Adiante, no mesmo texto, Mário de Andrade se estende um pouco mais sobre essas observações: "Ritmo todo de ângulos, incisivo, em versos espetados, entradas bruscas, sentimento em lascas, gestos quebrados, nenhuma ondulação. A famosa cadência oratória da frase desapareceu". Embora nesse trecho, o crítico esteja se referindo mais especificamente à questão do ritmo, outros dados também surgem aí, em especial quando é referido o "sentimento em lascas", que chama a atenção para a presença da dimensão emocional nos poemas, mas "em lascas", o que se pode entender talvez como em partes, fragmentado, ou ainda, de modo não direto. Assim, a construção do poema, de verso a verso, tem a ver diretamente não só com a criação de um ritmo, mas com o conjunto, a unidade composta de ritmo e tema.

Como foi dito anteriormente, os poemas de *Libertinagem* datam, no caso de vários deles, de pelo menos cinco anos antes da publicação do livro. Quase todos saíram em jornais e revistas ao longo da segunda metade da década de 1920. Foi o caso de "Poética", publicado em *A Revista*, órgão dos modernistas mineiros. Essa publicação teve três números entre 1925 e 1926, e um de seus diretores era Carlos Drummond de Andrade. O poema de Bandeira apareceu no terceiro número, em janeiro de 1926. Sua publicação na revista mineira em primeiro lugar mostra as relações entre autores de diferentes localidades afinados pelo ideário modernista. É possível ainda perceber como esse poema em especial tem a ver com o que vinha sendo apresentado nas páginas da revista e quais os elementos que aproximavam diferentes autores dentro do movimento modernista. Mas de modo mais delimitado e imediato, pode-se verificar que o poema foi estampado numa página par, ou seja, numa página da esquerda, e que ao lado dele, na página seguinte, à direita, se encontra um poema de Mário de Andrade, "Sambinha". Não é possível saber com certeza os critérios que levaram à publicação dos dois poemas lado a lado; pode-se mesmo admitir que isso tenha sido mera casualidade, mas o fato é que hoje não há como não ser levado a tentar ler as relações de proximidade (como a que se dá nas páginas da revista) entre os dois poemas. Se o poema de Bandeira pode ser considerado como uma formulação de princípios (não no sentido sistemático, como já se salientou, mas de fato como poema), o poema de Mário de Andrade poderia ser encarado como uma exemplificação dessa formulação, ou como uma aplicação que daria base de sustentação ao poema de Bandeira. Eis o poema de Mário:

> Vêm duas costureirinhas pela rua das Palmeiras.
> Afobadas braços-dados depressinha
> Bonitas, Senhor! Que até dão vontade pros homens da rua.
> As costureirinhas vão explorando perigos.
> Vestido é de seda.
> Roupa-branca é de morim.
>
> Falando conversas fiadas
> As duas costureirinhas passam por mim.

O poema em momento algum fala de música, como poderia sugerir o título. No entanto, num ritmo paralelo ao "depressinha" do segundo verso, como que desenvolve umas "conversas fiadas". Ou seja, apresenta uma cena urbana corriqueira, com personagens corriqueiros e acontecimentos corriqueiros, sendo que o corriqueiro é repetidamente indiciado pelo emprego do diminutivo, já mesmo no título. Esse registro, porém, se encaminha para outro nível:

> Tão bonitas tão modernas tão brasileiras!
> Isto é...
> Uma era ítalo-brasileira.
> Outra era áfrico-brasileira.
> Uma era branca.
> Outra era preta.

Tem-se então uma das questões centrais do modernismo, ou seja, a discussão não apenas sobre a atualização, sobre o moderno, mas também essa discussão em conjunto com a questão da temática nacionalista, do olhar voltado para os problemas especificamente brasileiros.

Naturalmente a "Poética" de Bandeira não formula princípios a que se submete o poema de Mário de Andrade. O que ocorre é uma consonância de preocupações, em que o poema de Mário se faz dentro daquela libertação de que fala o verso de Bandeira, e que o próprio Mário em seu texto crítico destacou de maneira tão fundamental. Ao se referir a *Libertinagem,* ressaltou que "nunca ele [Bandeira] atingiu com tanta nitidez os seus idéias estéticos, como na confissão ('Poética') de agora". E depois de citar o último verso — "Não quero mais saber do lirismo que não é libertação" —, faz a ressalva: "entendamo-nos: libertação pessoal". Aqui Mário de

Andrade se referia à ampla liberdade com que Bandeira passou a criar sua poesia, o que se pode perceber naturalmente pela comparação com sua obra até então.

Em *Libertinagem*, elementos simples do cotidiano de uma pessoa comum são não apenas integrados aos poemas como podem constituir a integralidade de um poema. É o caso, por exemplo, de poemas como "Pensão familiar", onde em meio à descrição de uma "pensãozinha burguesa" o único acontecimento é "um gatinho que faz pipi", ou como "Poema tirado de uma notícia de jornal", em que um episódio que poderia ocupar um pequeno espaço numa página policial se transforma em poema. Nos dois casos, tem-se um exemplo da possibilidade de extração de poesia das coisas mais simples, como em diversos momentos Bandeira referiu. Todavia, a passagem de "acontecimento" ou "notícia" a poema não se dá de modo tão simples como pode aparentar. Em "Pensão familiar", o verso "E as dálias, rechonchudas, plebéias, dominicais" constitui uma descrição da dália por meio de três adjetivos que se poderia considerar como inusitados em sua associação com a flor; eles, no entanto, como que expandem a caracterização da flor, de modo a associá-la ao ambiente da "pensãozinha burguesa". Ainda nesse poema, veja-se o seguinte trecho:

> Os girassóis
>   amarelo!
>   resistem.

O adjetivo "amarelo" se refere ao substantivo plural "girassóis"; no entanto, o adjetivo, contrariando as normas, está no singular. O que ocorre é que ao dar essa disposição às palavras na página, Bandeira deixou "amarelo" isolado, em destaque, e acentuado pelo sinal de exclamação, constituindo uma ruptura na seqüência sintática "os girassóis resistem". Mais do que ser um adjetivo para "girassóis", amarelo pode ser considerado como um substantivo que é como que gritado, exclamado pela flor, dando a impressão de que a intensa cor do girassóis domina o espaço.

No caso do "Poema tirado de uma notícia de jornal", o texto vai se desenvolvendo de um modo que de fato poderia ser o mesmo de um texto jornalístico. A certa altura, porém, há uma sucessão de três versos compostos cada um de um verbo ("Bebeu / Cantou / Dançou"). Há como que uma precipitação rítmica, uma sucessão seca de ações que leva a um desfecho fatal exposto impiedosamente em um único verso.

Nessas modificações por que passam os poemas tem papel importante a presença do humor. Este, que pode ir de um tom ameno a uma acidez corrosiva, é um elemento que instaura uma subversão na expectativa de desenvolvimento dos textos, em especial naqueles de natureza narrativa. Assim, num poema como "Porquinho da Índia", o relato de uma lembrança infantil culmina numa comparação — "O meu porquinho-da-índia foi a minha primeira namorada" —, que, ainda dentro plausivelmente de uma perspectiva infantil, introduz, sob a capa de um certo gracejo, algumas tonalidades de matiz afetivo. Já no poema "Comentário musical" o elemento de humor produz uma reviravolta bem mais acentuada. No centro do poema há um verso longo, isolado, constituindo uma única estrofe: "O comentário musical da paisagem só podia ser o sussurro sinfônico da vida civil". A estrofe anterior fala do quarto do poeta, no qual entram os ares oceânicos, vindos de regiões distantes. O tema do quarto será desenvolvido em vários outros poemas de Bandeira, como espaço da individualidade, da intimidade, aberto para outras dimensões provenientes da imaginação. O verso citado constitui então como que uma afirmação da realidade que o envolve, a "vida civil". A seguir, como que afastando essas dimensões maiores e mais complexas, surge o silvo do sagüim comprado pela vizinha de baixo, elemento corriqueiro que introduz como que uma nota irônica, um lembrete da vida cotidiana.

Ligado ainda ao elemento da simplicidade e do cotidiano, está o uso da linguagem coloquial, presente em vários dos poemas. Nesse campo, podem ser lembrados ainda o aproveitamento de linguagem popular ou mesmo de termos de línguas africanas, como em "Macumba de Pai Zusé" ou "Mangue", bem como todos os elementos referentes a cidades brasileiras, seja em termos de menção a localidades seja em termos de aspectos peculiares da vida, o que ocorre em poemas como alguns dos já referidos ou ainda em "Evocação de Recife" ou "Belém do Pará".

A percepção de como se dá o surgimento de todos esses aspectos novos na poesia de Bandeira pode ser auxiliada pela leitura do primeiro poema de *Libertinagem* —"Não sei dançar". O poema reúne vários dos elementos presentes nos poemas do livro—as referências a coisas brasileiras, a linguagem informal, o humor. Há, porém, uma referência que, embora em outra tonalidade, remete à poesia dos três primeiros livros, em especial *Carnaval*, por se tratar justamente de uma menção a carnaval: "Eis aí por que vim assistir a este baile de terça-feira gorda". Em *Carnaval*, há mesmo um poema intitulado "Sonho de uma terça-feira gorda". No entanto, o tom dos dois poemas é bastante diferente. No poema mais antigo, lê-se entre os primeiros versos: "Íamos, por entre a turba, com solenidade, / Bem conscientes do nosso ar lúgubre". E o poema se encerra dizendo: "Era dentro de nós que estava a alegria, / — A profunda, a silenciosa alegria..." Já o poema de *Libertinagem* começa com estes dois versos: "Uns tomam éter, outros cocaína. / eu já tomei tristeza, hoje tomo alegria". Aqui a alegria é declarada sem qualificações, enquanto no poema anterior ela surge matizada de silêncio e ar lúgubre. O primeiro poema fala em "préstitos apoteóticos", enquanto o segundo fala de "maxixe". Assim, esses dois poemas oferecem um exemplo de como, tomando como elemento do tema o mesmo episódio, se pode perceber as diferenças da produção de Bandeira. O primeiro poema se desenvolve como a descrição de uma cena carnavalesca que é uma cerimônia de extração pagã popularizada ("Vênus para caixeiros"), enquanto o segundo poema transforma a festa em espaço para representar pelo menos alguns elementos da questão nacional ("este salão de sangues misturados parece o Brasil"). O primeiro é um "sonho", como indicado pelo título, enquanto o segundo trata da realidade ("vim assistir a este baile").

Todavia, em meio às diferenças há pelo menos um traço no poema de *Libertinagem* que provém da poesia anterior, mas que também permite ver como é diferente o novo tratamento que recebe. Trata-se do elemento confessional. Vejam-se estes versos de "Não sei dançar": "Sim, já perdi pai, mãe, irmãos. / Perdi a saúde também". Estão aí conhecidos elementos da biografia de Bandeira. No entanto, agora há como que um distanciamento que lhe permite fazer seguir a estes versos, entre a ironia e a derrisão, o seguinte verso: "É por isso que sinto como ninguém o ritmo do jazz-band". Em *Libertinagem* são vários os poemas de natureza confessional, como "O anjo da guarda", em que o poeta fala mais uma vez da morte da irmã. No entanto, também aqui o tom muda bruscamente e integra elementos provenientes das novas áreas de interesse que ocupam a poesia bandeiriana, e assim é referido "um anjo moreno, violento e bom, / — brasileiro". De modo semelhante, em outros poemas de natureza confessional ou memorialística, como no caso de "Evocação de Recife", os elementos biográficos estão agora associados a esses novos elementos modernistas ou até mesmo, como no poema "Pneumotórax", são transformados numa cena objetiva, de que a emoção é afastada, sobretudo no irônico verso final: "A única coisa a fazer é tocar um tango argentino".

Se em alguns poemas os elementos de humor e ironia afastam a emoção, em outros ela continua a ser elemento essencial, como que tendo por orientação alguns versos do "Último poema": "Assim eu quereria o meu último poema // Que fosse terno dizendo as coisas mais simples e menos intencionais". Aqui a emoção se alia não apenas à simplicidade, mas também à espontaneidade, o que não deve ser tomado, no entanto, como resultado de uma manifestação direta; antes, provém de uma "construção emocional e mental", para usar expressão do crítico português Adolfo Casais Monteiro, que assim se referiu ao fato de o efeito emocional de certos poemas se dar pela sucessão dos versos e pelo diálogo entre as imagens ou, na sua expressão, pelo "contraponto das imagens". Além do mais, é esse mesmo crítico que chama a atenção para o fato de que esse poema e os dois que o antecedem, ou seja, os três últimos poemas do livro, serem os de maior teor emocional, estando afastados do humor, da ironia, do corriqueiro. Em certo sentido eles retomam aspectos dos livros anteriores, o que se dá em especial com o "Poema de finados", que é metrificado e rimado, como se pode ver por sua última estrofe:

> O que resta de mim na vida
> É a amargura do que sofri.
> Pois nada quero, nada espero.
> E em verdade estou morto ali.

Esses poemas surgem como mais uma área de exploração de possibilidades dentre tantas que se encontram em *Libertinagem* — uma área em que o poeta retoma sua produção passada, mostrando que ela continua sendo uma possibilidade. É como se aí estivesse assinalado o que sua poesia posterior a *Libertinagem* realizaria ao não se prender apenas aos caminhos abertos pelo modernismo. A própria diversidade do livro *Libertinagem*, como até aqui se pôde notar, tem a ver com a complexidade dos vários poemas, como observa o crítico Davi Arrigucci Jr, ao dizer que eles "são ao mesmo tempo produtos de uma novidade momentânea e de uma demorada sedimentação", ou seja, que são resultantes de "forças contextuais" já em si complexas. Por "forças contextuais" entendam-se não apenas as mudanças estéticas, que podem ser vistas na seqüência dos livros de Bandeira, mas também as mudanças econômicas e políticas por que passava o país (lembre-se que em 1930 ocorre a revolução que permitiria a chegada de Getúlio Vargas à presidência da República, encerrando-se o período conhecido como República Velha).

Dentro da diversidade presente em *Libertinagem*, há que se mencionar ainda alguns outros temas — na maioria das vezes presentes nos poemas de maior tensão emocional —, como a inevitabilidade da passagem do tempo, a dor, a memória, às vezes presentes num único poema, como em "Profundamente", cujos versos finais dizem:

> Hoje não ouço mais as vozes daquele tempo
> Minha avó
> Meu avô
> Totônio Rodrigues
> Tomásia
> Rosa
> Onde estão todos eles?
> — Estão todos dormindo
> Estão todos deitados
> Dormindo
> Profundamente.

A todos esses temas e tons ainda se podem associar o humor e a ironia, mesmo em poemas cujo sentido principal está no plano da evasão, como no caso do conhecido "Vou-me embora pra Pasárgada":

> E quando eu estiver mais triste
> Mas triste de não ter jeito
> Quando de noite me der
> Vontade de me matar
> — Lá sou amigo do rei —
> Terei a mulher que eu quero
> Na cama que escolherei
> Vou-me embora pra Pasárgada.

Pelo que esse poema tem de distanciamento da realidade, ele permite ainda que nos encaminhemos para uma outra vertente. O crítico português Adolfo Casais Monteiro chamou a atenção para ela, numa leitura muito sensível da obra de Bandeira. Ele indicou um grupo de poemas — "A Virgem Maria", "Noturno da Parada Amorim" e "Noturno da Lapa" — de leitura bastante difícil, fazendo a consideração de que neles há uma ruptura total com a realidade cotidiana. Ora, é justamente a atenção a essa realidade cotidiana que constitui um dos aspectos importantes da poesia de *Libertinagem*. De fato, a leitura dos três poemas referidos mostra que estão carregados de elementos dessa realidade. Assim, a ruptura ocorre no sentido de que os poemas reorganizam esses elementos, o que permite a Casais Monteiro considerar esses poemas como de "caráter surrealista", pois não seriam conduzidos por uma lógica no sentido próprio, mas talvez apenas por uma ordenação interna — no dizer ainda de Casais Monteiro, "são a poesia abandonada a si própria".

Naturalmente, poemas como esses podem ser analisados, meditados e compreendidos, não no sentido de um discurso lógico, mas no sentido de sua organização.

São alguns poemas do mesmo tipo que se encontram no livro seguinte, *Estrela da manhã*, que levam Casais Monteiro a ver a principal linha de contato entre este livro e *Libertinagem*. *Estrela da manhã* estaria mais impregnado, e de forma mais difusa, por esse clima de ultrapassagem da realidade, por assim dizer. Em *Estrela da manhã*, mencione-se o poema "O desmemoriado de Vigário Geral" como um exemplo na mesma linha daqueles três poemas de *Libertinagem*. E aqui caberia lembrar que se trata de um poema em prosa, como o "Noturno da rua da Lapa" de *Libertinagem*, e ainda que se trata de uma prosa narrativa. Há outros exemplos ao longo da obra de Bandeira desse tipo de poema, de que se poderia considerar um primeiro caso remoto o texto "Epígrafe" do livro *Carnaval*. No caso dos poemas em prosa de *Libertinagem* e *Estrela da manhã*, eles constituem um setor de experiência importante. Ao fato de não se tratar de texto em versos, acrescenta-se o fato de se tratar de um relato ou de uma narração, que busca seu material em áreas aparentemente distantes da poesia, o cotidiano, o noticiário de jornal, os subúrbios da grande cidade.

Aquele abandono da realidade, assinalado por Casais Monteiro, e que se pode entender como uma reorganização da realidade, põe em questão também o plano narrativo desses poemas. Assim, os poemas em prosa são renovados tanto quanto os poemas em versos. E se aparentemente prosa e verso se distanciam, há várias situações em que como que dialogam. Se vários elementos desses poemas em prosa estão também presentes nos poemas em verso, cabe referir no caso destes últimos a situação de versos extremamente longos que quase fazem o leitor esquecer que está lendo um verso. Um exemplo pode ser encontrado em "Poética", de *Libertinagem:* "Será contabilidade tabela de co-senos secretário do amante exemplar com cem modelos de cartas e as diferentes maneiras de agradar às mulheres, etc.".

Em *Estrela da manhã* já não se encontrarão versos como este, no sentido de sua extensão, o que, se pode ser encarado como apenas um detalhe, é também um indício de alguns aspectos próprios do livro. No conjunto, trata-se de um livro sem os aspectos mais ostensivos da afirmação modernista de *Libertinagem*, embora siga no caminho aberto por este. Assim, outro indício das características de *Estrela da manhã* está em seu título. Do mesmo modo como *Libertinagem* indicava o espectro amplo de possibilidades poéticas, *Estrela da manhã*, conforme observou o crítico Murilo Marcondes de Moura, "define a 'estrela' como um dos mais importantes símbolos da obra do autor, capaz de reunir uma ampla gama de sentidos". Talvez então em vez de apontar sobretudo para procedimentos, agora se evidencie o universo lírico. Bandeira, numa comprovação da importância da "estrela" como símbolo, posteriormente ainda intitularia outra coletânea sua *Estrela da tarde* e, quando da edição de sua obra poética completa, intitulou-a *Estrela da vida inteira*.

Estrela da manhã, entre outros aspectos, se caracteriza por já não ter as marcas mais evidentes da coletânea anterior. No entanto, esta talvez seja uma maneira um tanto redutora de apresentar o livro. Talvez melhor fosse referi-lo como uma etapa mais depurada, menos gritante, mais concentrada — e ainda assim enfatizando que não se trata de estabelecer alguma comparação valorativa entre os dois livros. Em primeiro lugar a depuração ou concentração poderiam ser entendidas por meio da dimensão dos poemas. Agora não se encontram mais poemas da extensão de alguns do livro anterior; já não há também, em parte ainda dentro desse aspecto, poemas que se desenvolvem pela acumulação de elementos da memória, por exemplo. Nesse sentido, Adolfo Casais Monteiro fala de um rigor de "ascético domínio" para se referir tanto ao controle da elaboração dos poemas quanto ao fato de Bandeira não se permitir desviar-se do essencial.

No entanto, com relação a esses elementos da memória e ainda àqueles do cenário cultural em sentido amplo em que se insere essa memória, encontra-se em *Estrela da manhã* uma nova elaboração, em que se recorre, entre outras possibilidades, a formas que mantêm relações com a tradição poética, como o rondó, a balada, a canção e a cantiga, mesmo que não sejam empregadas de modo estrito, figurando apenas como referência feita pelo poema. É o caso também dos poemas que recorrem a elementos da cultura popular, como em "D. Janaína", com referências à tradição religiosa de origem africana, ou como em "Boca de forno", com referências ao maracatu. Este último caso também constitui exemplo do recurso a uma métrica de uso em formas populares.

Uma das ligações entre os dois livros, *Libertinagem* e *Estrela da manhã*, é a presença daqueles poucos poemas em que se dá aquela ruptura com a realidade cotidiana salientada por Adolfo Casais Monteiro. Ainda em associação com esse tipo de poema estão os experimentos com poemas em prosa, como "O desmemoriado de Vigário Geral", "Conto cruel" e "Tragédia brasileira". Mas, pelo menos num caso, outra relação ainda pode ser encontrada no desenvolvimento de um tema, que, além do mais, terá continuidade em livros futuros. Trata-se do tema do quarto, que ocorre no poema "Comentário musical" de *Libertinagem* e que alcança sua forma mais concentrada em "Poema do beco" de *Estrela da manhã*.

Este poema permite também uma outra associação, embora não diretamente por seu texto, mas por um dado ligado à sua publicação inicial, que não se deu nesse livro, mas no jornal literário chamado *Literatura*, em 1933, ou seja, três anos antes da edição do livro. E aí foi publicado com outros poemas de Bandeira, entre os quais um que se chamava justamente "Poema do beco", e que o poeta nunca aproveitou. O poema que veio a ser incluído em *Estrela da manhã* saíra no jornal com o título "Outro poema do beco", ou seja, era como que um segundo poema numa seqüência. Pode-se supor quais os motivos levaram o poeta a escolher um para entrar no livro e desprezar o outro, mas o fato é que, em primeiro lugar, com o conhecimento de mais esse poema se intensifica a persistência do tema na obra de Bandeira; em segundo lugar, estabelece-se um intercâmbio entre o livro e o jornal enriquecedor para o conhecimento dessa obra. Além disso, esse tipo de intercâmbio vem somar-se a outras relações do poeta com a imprensa, como a já referida atuação como cronista e a posição do jornal como fornecedor de temas.

No entanto, em *Estrela da manhã*, há ainda uma outra relação entre livro e jornal. O título de um dos poemas de *Estrela da manhã*, "Marinheiro triste", foi usado para título de uma crônica publicada no jornal mineiro *Estado de Minas* (em 28 de junho de 1933). Essa crônica depois passou a fazer parte do livro *Crônicas da província do Brasil* com o título "Romance do beco". E aí voltamos ao tema do beco, mas não só pelo título da crônica; no correr dela, é referido o "Poema do beco". Todas essas relações e referências, além de mostrarem a importância que o jornal desempenhava na atuação de Bandeira, dão uma idéia dos caminhos nem sempre diretos como se dá sua produção poética. E isto apesar de o poeta ter insistido, em várias ocasiões, no fato de que seus poemas nasciam de maneira simples, como irrupções espontâneas, cabendo a ele apenas tomar nota deles. A verdade, porém, é pelo menos um pouco diferente. Talvez essas maneiras como o poeta apresenta o surgimento de seus poemas digam respeito a uma primeira formulação dos textos. Em *Estrela da manhã* há alguns exemplos de modificações entre diferentes versões dos poemas, o que mostra uma espontaneidade pelo menos relativizada.

A figura da "estrela da manhã" permitiria ver o livro que leva esse título como um momento inaugural de certos aspectos da poesia de Bandeira. De fato, esse livro cristaliza de modo depurado as conquistas modernistas, continua a exploração de alguns temas que vêm dos primeiros livros e apresenta novas possibilidades. Assim, os elementos do cotidiano continuam presentes, mas associados a uma dimensão menos documental, menos realista; aqui eles se ligam a uma fantasia mais ativa, que tende a se libertar desse contato com a realidade. Assim, na "Balada das três mulheres do sabonete Araxá", encontram-se passagens como "eu ficava safado da vida, dava pra beber e nunca mais telefonava", registro tanto de um possível episódio cotidiano quanto de um episódio de linguagem informal. Há até a citação de uma letra de música da época, no verso "Mulatas cor da lua vem saindo cor de prata", com a citação de um trecho da letra de um samba de Lamartine Babo. Se há aí o aproveitamento de uma bela imagem, há também um elemento que se relaciona com a produção cultural de determinada época. Ao lado disso, porém, o poema em seu desenrolar como que vai pouco a pouco acumulando cada vez mais elementos que escapam a essas associações com a realidade. Assim, num único verso se sucedem "estrela", "rei", "ilha no Pacífico", "bangalô em Copacabana". Esses elementos díspares funcionam, não exatamente como contraposição aos elementos da realidade, mas como elementos que põem em discussão a realidade, distendendo-a. Esse é um procedimento que se torna cada vez mais habitual no lirismo de Bandeira, e uma de suas formas pode ser encontrada nos poemas que se valem de elementos da cultura popular, como "Boca de forno", "D. Janaína" ou "Trem de ferro".

Essa dimensão está no âmbito daquela, como já referido, apontada pelo crítico Adolfo Casais Monteiro. E aproximadamente no mesmo sentido Gilda de Mello e Sousa e Antonio Candido salientaram o desenvolvimento de uma linhagem de poemas na obra de Bandeira que se caracteriza pela liberdade na manipulação dos elementos da realidade. Essa manipulação, como procedimento peculiar de vários poemas, é que cria o clima de liberdade imaginativa, até mesmo de fantasia, presente em vários poemas e que terá continuidade na obra subseqüente de Bandeira.

5. NOVOS LIVROS
E TRADUÇÕES DE POESIA

Quando, em 1940, Bandeira lança um novo livro de poemas, também já havia publicado paralelamente alguns trabalhos de outra natureza. O livro de poemas se intitulava *Lira dos cinqüent'anos* (em que se pode ver referência não só à idade do próprio poeta, mas também ao livro de Álvares de Azevedo, *Lira dos vinte anos*). Não foi editado autonomamente, mas dentro do volume *Poesias completas*. Bandeira já havia publicado algumas antologias da poesia brasileira e o livro *Guia de Ouro Preto*. Em 1940, foi lançado também as *Noções de história das literaturas*, livro de natureza didática, resultado de seu trabalho como professor. E publicou ainda o estudo *A autoria das* Cartas chilenas. Todos esses trabalhos ressaltam o conhecimento que o poeta tinha não só da poesia brasileira e da cultura brasileira, mas também de outras literaturas. Em 1942 ele fez uma conferência sobre Mallarmé que se constitui numa excelente apresentação da obra do poeta francês. Seria possível pensar que esses trabalhos e a poesia correm em trilhos distintos. Mas muitos exemplos poderiam mostrar o contrário.

Em seu texto sobre Mallarmé, um dos pontos que ocupam Bandeira é a questão da musicalidade, que retorna em vários momentos em função do desenvolvimento da poesia mallarmeana: "A poesia mallarmeana é essencialmente musical, ele mesmo o declarou". E a seguir procura especificar o que aí se entende por poesia musical: "Musical não no sentido puramente sonoro ou melodioso, mas no sentido definido por Boris de Schloezer, ou seja na imanência do conteúdo com a forma. Neste sentido, diz o crítico russo, que é autoridade em música, um texto pode ser musical apesar de duro aos ouvidos, e a esse ângulo a música nos parece como o limite da poesia". Nessa pequena passagem, Bandeira apresenta uma noção geral do que é musicalidade em poesia; fica claro, porém, que ele adota essa noção, sobretudo porque a passagem se encerra com uma opinião sua—"nos parece". Em seguida o texto prossegue de modo mais específico, referindo que "Mallarmé foi sobretudo sensível ao lado orquestral da música". Não é esse o caso de Bandeira. Ao longo de sua poesia, os muitos momentos de associação com a música indicam que esta tem caráter mais afim com o universo intimista, individual. Mas o comentário anterior sobre a música como o limite da poesia indica até que ponto esta é uma concepção importante para a compreensão do universo bandeiriano—pode-se entender essa afirmação como um reconhecimento de um diálogo permanente, ou ainda de que a música constitui como que um horizonte para o qual a poesia está quase sempre voltada.

Em *Lira dos cinqüent'anos* são vários os poemas cujos títulos expõem esse contato com a música. Assim, "Canção", "Canção da Parada do Lucas", "Canção do vento e da minha vida", "Canção de muitas Marias". Mas há ainda um "Acalanto de John Talbot", um "Rondó do capitão", uma "Balada do rei das sereias". E estes são apenas os casos mais claros, a partir apenas dos títulos. Em vários desses poemas, há referências a formas populares, emprego de medidas próprias dessas formas, uso de refrões, e assim por diante. Em "Acalanto de John Talbot", o poema se faz como uma canção de ninar:

"Dorme, meu filhinho, / Dorme sossegado. / Dorme, que a teu lado / Cantarei baixinho". Em "Canção do vento e da minha vida", a composição do poema tem como base o emprego sistemático de paralelismos, ou seja, o emprego de formas idênticas ou similares que se repetem sempre nas mesmas posições. Em "Balada do rei das sereias" encontra-se esse procedimento, por meio de versos que se repetem como um refrão, assim como no uso de referências a contos da tradição.

Lembremos duas situações que provavelmente são as mais referidas quando se fala na relação da poesia de Bandeira com a música. A da alternância Capibaribe/Capiberibe, no poema "Evocação do Recife" (do livro *Libertinagem*), que se veria como uma modulação musical. E a menção ao compositor Schumann no poema final do livro *Carnaval* (já referido em capítulo anterior). Aí se faz menção à peça pianística de Schumann intitulada *Carnaval* — "O de Schumann é um poema cheio de amor, / E de frescura, e de mocidade...". Vale notar como o poema, ao embaralhar as denominações, aplicando o termo "poema" a uma peça musical, acaba por salientar justamente a aproximação entre as duas formas.

No entanto, uma outra referência no trecho da conferência sobre Mallarmé traz também um elemento importante para a compreensão dessa aproximação entre música e poesia na obra de Bandeira. Trata-se da menção ao texto duro aos ouvidos, mas que mesmo assim pode ser musical. Está aí a capacidade de extrair, de perceber musicalidade naquilo que à primeira vista não parece propício a isso. Tal como a capacidade de extrair poesia das coisas mais simples. Essa musicalidade naturalmente não se confunde com uma disposição melodiosa, cantante. Ela tem a ver com a organização, com relações entre o que se está dizendo e a maneira como isto está sendo dito, para formular de outro modo o que seu texto expõe. Num dos poemas de *Lira dos cinqüent'anos* intitulado "O martelo" se encontra como que uma imagem, uma formulação poética, para essa maneira de encarar a questão. Na verdade, esse é um poema, entre os muitos poemas admiráveis de Bandeira, onde se encontram sumariados vários dos elementos que se apresentam em diversos momentos de sua produção poética, elementos que de certo modo constituem o cerne de sua poética, ou seja, elementos que participam centralmente da elaboração de sua concepção poética. Assim, o poema fala da inexorabilidade da passagem do tempo, do desalento diante da vida, da relação com as coisas simples do cotidiano, da imagem do quarto como resumo. Esses elementos estão como que numa introdução em que se esboça o cenário em que se trava a questão desenvolvida na segunda parte. Há aí uma oposição entre noite e dia, entre ameaças do desconhecido e a atividade diurna. De um lado, há o pio da coruja, "doce". Embora em relação a ele ainda não se apresente indício de associação musical, o emprego do adjetivo, quando relido, pode apontar para uma noção mais habitual de musicalidade. Esta é referida no final do poema, em relação ao martelo do ferreiro, que bate um "cântico". O ruído, o barulho agressivo e incômodo, é que é considerado como música. Isso é possível, não apenas como uma imagem inusitada, mas em função da organização do poema, quando o par martelo/cântico fornece uma contraposição de certeza, de clareza, às situações que se vinham acumulando no poema.

Os poemas até aqui mencionados apresentam alguns elementos em comum, sobretudo a questão da musicalidade. No entanto, é possível perceber muitas diferenças entre eles. E justamente em relação a *Lira dos cinqüent'anos* houve um crítico, Sérgio Milliet, que procurou ressaltar a variedade que se encontra nesse livro. Entre outras coisas, disse ele: "Em *Lira dos cinqüent'anos*, Manuel Bandeira deu-nos o espetáculo de uma inspiração admiravelmente livre, tão livre que ousava voltar ao soneto e ao verso metrificado e rimado, sem preconceitos modernistas, mas tampouco sem abandono de suas conquistas anteriores". O comentário pode parecer um tanto óbvio, podendo-se mesmo achar que não se aplicaria exclusivamente ao livro em questão. De fato, também nos livros anteriores de Bandeira haveria uma razoável variedade de formas e temas. No entanto, estavam de um modo ou de outro relacionados com algumas questões, às vezes a uma questão central, como no caso de *Libertinagem*, cujos poemas, independentemente da variedade que neles se pudesse encontrar, estavam ligados à emergência do modernismo.

Em *Lira dos cinqüent'anos*, além da efetiva variedade, já não havia mais um movimento catalisador, tanto que esse aspecto foi também notado por outros críticos, como Adolfo Casais Monteiro que observou: "À primeira vista, a uma leitura superficial, apressada, um leitor pouco cuidadoso atrever-se-ia porventura a pronunciar a palavra 'versatilidade' para o classificar, se lesse só a *Lira dos cinqüent'anos*". Nessa observação, o crítico não nega a variedade, a versatilidade, mas com restrição, como se nisso houvesse algo de negativo. Na verdade, todos os comentários nesse sentido sempre põem ressalvas, afirmando a presença de elementos constantes, o que também é fato. Mas fato é que *Lira dos cinqüent'anos* se abre com um soneto, "Ouro Preto". Passado o momento de afirmação do modernismo, o poeta tem uma liberdade bem ampla, o que permite dar vazão à versatilidade. Mas o soneto "Ouro Preto" merece alguns outros comentários. O título do livro poderia levar a pensar que ele recolhesse poemas de uma determinada época, a que é indicada pela menção à idade do poeta. No entanto, "Ouro Preto" foi publicado em jornal muitos anos antes, em 1929. É, portanto, anterior a *Libertinagem*, e o poeta nunca o havia incluído em livro por se tratar de um poema que destoava bastante dos princípios modernistas. Agora, passado a época de combate, ele pode reunir não apenas os poemas que está produzindo no momento, mas todos aqueles que julga adequado publicar. Isso mostra ainda que, mesmo no caso de Bandeira, essas ligações de ordem biográfica devem ser sempre relativizadas — ou seja, embora o título aponte para a idade do poeta, na realidade o livro pode não estar totalmente ligado a esse aspecto, que é utilizado apenas como um elemento do imaginário poético.

A variedade ou versatilidade de *Lira dos cinqüent'anos* inclui, na verdade, uma gama de experimentações. Além de "Ouro Preto", o livro acolhe outros sonetos — "Soneto italiano", "Soneto inglês n. 1" e "Soneto inglês n. 2". Além de "Soneto em louvor de Augusto Frederico Schmidt", "Soneto plagiado de Augusto Frederico Schmidt", e o soneto "A Alphonsus de Guimaraens Filho". O recurso ao soneto também não deve ser visto como um recurso exclusivo de Bandeira. Pouco depois outros poetas de origem modernista, como Drummond e Murilo Mendes, viriam também a fazer uso dessa forma. Esse aspecto é com freqüência ressaltado nos estudos sobre esses autores, muitas vezes como uma volta a procedimentos que haviam sido banidos pelo modernismo. Talvez uma possibilidade de ver o fato seja perceber que passados os momentos iniciais de afirmação de certos princípios, esses poetas podiam agora não voltar exatamente a procedimentos a que anteriormente não podiam se dedicar, mas experimentar novas possibilidades além daquelas trazidas pelo modernismo. Pois o fato é que o soneto por eles produzido não é de modo algum uma simples retomada do que se fazia anteriormente.

No caso da variedade observada em *Lira dos cinqüent'anos*, além do que já foi referido, cabe lembrar que várias das outras linhas de poemas de Bandeira anteriormente exploradas continuam presentes nesse livro. Assim, a memória, num poema como "Velha chácara"; o desencanto diante da vida, em "A morte absoluta"; o cotidiano, em "Canção da Parada do Lucas"; a pura fantasia, em "Balada do rei das sereias"; e assim por diante. Nesse livro, se encontra uma das mais altas realizações de Bandeira, o poema "Maçã", uma espécie de natureza-morta (quadro em que se representam apenas animais mortos, coisas ou seres inanimados) extremamente bem analisado pelo crítico Davi Arrigucci Júnior, que mostra como, ao tratar da simplicidade dessa fruta colocada num ambiente de despojamento e descrita por meio de algumas comparações, o poema desentranha de seu objeto uma enorme complexidade, sintetizada na fórmula "a vida prodigiosa / Infinitamente". Assim, a escolha das coisas referidas como componentes do quadro descrito, a maneira como se dá a organização da composição e as relações que se estabelecem são elementos da elaboração do poema, em sintonia com aspectos como a escolha vocabular ou a divisão dos versos. Essa capacidade de perceber certos aspectos complexos a partir de elementos simples se torna possível, em Bandeira, a partir dessa elaboração dos poemas, que—como mostra Arrigucci—são uma forma de expressão, mas também um modo de conhecimento e um fazer.

Antes de seu livro de poesia seguinte, *Belo belo*, publicado em 1948 dentro de uma nova edição das *Poesias completas*, Bandeira lançou em 1945 o volume intitulado *Poemas traduzidos*. O livro é composto por poemas de autores de várias épocas, que escreveram em diversas línguas (inglês, francês, espanhol, italiano, alemão). São cerca de meia centena de autores, como Goethe, Jorge Luís Borges, Heine, Rilke, Cummings, Elizabeth Bishop, Hoelderlin, Baudelaire. Sobre esse livro Bandeira disse que era composto de traduções que fizera ocasionalmente, ao sabor de circunstâncias, de solicitações.

Embora não tenha elaborado uma reflexão sobre o trabalho de tradução—salvo comentários esparsos—, fica claro, a uma leitura de suas traduções, que Bandeira dispunha, se não propriamente de uma teoria, de concepções bem delineadas sobre essa atividade. Se assim não fosse, dificilmente teria alcançado os resultados a que chegou. Nas ocasiões em que escreveu sobre tradução, Bandeira revela-se um fino conhecedor do assunto. Há menções em vários de seus textos e em várias de suas cartas, às vezes referindo dificuldades, às vezes até mesmo comparando a elaboração de uma tradução com a elaboração de um verso. Numa carta para Mário de Andrade, refere como realizou muito mais facilmente a tradução de um soneto do que a escrita de um poema seu em versos livres. Numa carta para Alphonsus de Guimaraens Filho, expõe de modo sumário o que pode ser compreendido como sua concepção da tradução (e da poesia). Aconselha Alphonsus a tentar perceber o que é essencial no poema a ser traduzido, pois isto não deveria ser alterado, enquanto o que não fosse essencial poderia ser modificado em função das necessidades da tradução.

O livro *Poemas traduzidos* tem a ver com a obra de Bandeira de diversas formas. Até mesmo pelo viés da variedade ou diversidade que se aponta em sua produção — não apenas pela maneira variada como é composto, mas por se inserir como mais um elemento na variedade da produção bandeiriana. Mas há também o fato de que se trata de traduções admiráveis, em que Bandeira realiza em alto nível uma prática poética no mesmo nível da que realiza em seus poemas. Muitos desses poemas traduzidos podem sem sombra de dúvida ser considerados como de autoria do próprio Bandeira, que os recriou em português como se fossem seus. Essa relação com sua própria obra ainda se verifica de modo mais explícito pelo fato de Bandeira ter incluído algumas dessas traduções em alguns de seus próprios livros de poemas. Assim, já em *Libertinagem*, Bandeira incluiu algumas traduções — e traduções de poemas que fugiriam ao programa modernista, pois se tratava de sonetos da poeta Elisabeth Barrett Browning. Posteriormente essas traduções foram retiradas das reedições de *Libertinagem*. Mas como entender a presença dessas traduções nesse livro? Note-se que elas não estavam à parte, como um adendo, mas em meio aos poemas do próprio Bandeira. Talvez isso indique que a atuação de Bandeira dentro de um programa modernista não fosse tão estrita, tendo em vista inclusive o desenvolvimento anterior de sua produção. Talvez Bandeira considerasse a integração dessas traduções a seu livro (embora isso não seja uma prática nova e tenha vários exemplos em livros anteriores ao modernismo) como um exercício, uma experimentação poética.

Essas traduções de poesia não devem ser vistas apenas como mais um trabalho à parte de Bandeira, mas como algo que tem a ver com sua produção, tanto por esses elementos já referidos, como pela possibilidade de encontrar nessas traduções seja procedimentos próprios da poesia de Bandeira, seja temas caros ao poeta. Assim, o poema de Borges por ele traduzido e que tem como tema o pátio, pode ser aproximado de seus próprios poemas que abordam o mesmo tema. Versos de Verlaine também por ele traduzidos encontram ressonâncias em seus próprios poemas: "No ermo da mata o som da trompa ecoa, / Vem expirar embaixo da colina. [...] E a noite desce / Sobre a paisagem lenta que se esvai".

No mesmo ano de *Belo, belo*, 1948, Bandeira publicou ainda um outro livro de poemas, *Mafuá do malungo*, que ocupa posição peculiar no conjunto de sua obra poética. Leva o subtítulo de "versos de circunstância", o que indica que esses poemas estão ligados a certos acontecimentos, a homenagens de cunho pessoal. Não têm a mesma intenção que sustenta os poemas dos outros livros. Estão, porém, inseridos naquela variedade já referida. Na obra substancial do poeta, vários poemas deixam entrever as circunstâncias a que estão ligados, assim como nesses poemas estão presentes vários dos recursos próprios da arte poética de Bandeira. Certamente se trata de poemas que ocupam lugar à parte, embora possam contribuir para que se percebam as possibilidades da prática poética admitidas por Bandeira.

Em *Belo, belo* e no livro seguinte, *Opus 10*, de 1952, o poeta dá seqüência a uma organização de livros em que se reúnem conjuntos de poemas bastante variados. No entanto, neles se pode encontrar a retomada de certos temas e a exploração de alguns procedimentos usuais. O poema dedicado a Mário de Andrade, "A Mário de Andrade ausente", de *Belo, belo*, como o poema dedicado a Murilo Mendes, "Saudação a Murilo Mendes", de *Opus 10*, prestam-se para que se veja a maneira como a circunstância é trabalhada na poesia de Bandeira. Esses poemas-homenagens certamente vão além do que se encontra nos poemas do *Mafuá*. No poema dedicado a Murilo há elementos de caracterização da poesia do homenageado que estão além do que se esperaria encontrar num poema de circunstância. No poema dedicado a Mário de Andrade, Bandeira retoma os temas conexos da ausência e da morte presentes ao longo de sua obra.

Os próprios títulos desses dois livros merecem atenção. *Belo belo*, além de ser título de um poema do livro, também é título de outro poema que faz parte do livro anterior, *Lira dos cinqüent'anos*. Essa recorrência apenas faz lembrar várias outras recorrências que revelam algumas linhas de continuidade que, contrapondo-se à variedade, mostram o desenvolvimento conseqüente dessa poesia. Os dois poemas são bastante diferentes e se valem da expressão "belo belo" tanto como elemento sonoro quanto como elemento indicativo de uma atitude de leveza, de desprendimento ("belo belo" talvez seja expressão derivada de "tero-lero", expressão encontrada numa canção folclórica). O crítico Giovanni Pontiero diz que esse título "sugere um humor de satisfação espontânea". Mas mesmo nessa situação de humor pode haver ainda alguns matizes. No primeiro poema se lê: "Belo belo belo, / Tenho tudo quanto quero"; e no segundo: "Belo belo minha bela/ Tenho tudo que não quero". No primeiro poema se encontra um posicionamento frente a elementos essenciais da existência, enquanto no segundo o poema se entrega a uma fantasia quase lúdica como postura de vida.

Quanto ao título de *Opus 10*, a palavra latina "opus" significa "obra", e é empregada habitualmente na classificação de peças musicais. Assim, a peça de Schumann *Carnaval* leva a classificação "opus 9". Certamente a ligação de Bandeira com a música tem a ver com a escolha desse título. Mas Murilo Marcondes de Moura lembra que, até esse livro, Bandeira havia publicado sete livros de poesia e mais o de poemas traduzidos e o de poemas de circunstância. De modo que, levando em conta também esses dois livros, o *Opus 10* era de fato o décimo livro de poesia de Bandeira, que desse modo indicava a importância que dava às traduções e aos poemas de circunstância.

No conjunto de *Belo belo* chama de imediato a atenção o poema "Infância". Isto porque nesse poema o poeta volta aos elementos factuais que estiveram presentes em muitos dos seus poemas de memória. Volta também ao poema mais longo. "Infância" é irmão de poemas como "Evocação do Recife", de *Libertinagem*. Seu final oferece como que uma compreensão de poesia que certamente não é toda a compreensão de poesia que se pode depreender da obra bandeiriana, mas é fundamental em sua poética: "Estava maduro para o sofrimento / E para a poesia". Essa associação entre poesia e sofrimento (em que se pode entender toda uma gama que vai do desalento diante da vida à dor pelas perdas) formulada assim de modo lapidar implica, porém, numerosas mediações e processos que se pode entender como condensados na palavra "maduro".

Nesses livros em que a diversidade é mais acentuada e em que vários poemas se aproximam mais da dimensão circunstancial, encontram-se, por outro lado, alguns momentos fortes da criação bandeiriana. Assim, em *Belo belo* podem ser lembrados "A realidade e a imagem" ou "O rio", enquanto em *Opus 10* estão "Boi morto", "Noturno do morro do encanto" e "Consoada".

O poema "A realidade e a imagem" é antes de tudo uma descrição de um recanto urbano, um instantâneo de uma cena banal. Mas a organização dos elementos do poema em torno de sua distinção e classificação como realidade e como imagem acaba por transformá-los nos conceitos de "realidade" e imagem". A indiferença das pombas, que simplesmente passeiam, introduz, não o espaço aparentemente de indiferença, mas até mesmo o espaço de ironia que permite a reflexão sobre essa complexa relação entre realidade e imagem, ou seja, entre os elementos concretos e sua representação, presente nas obras de criação. No poema, todos os elementos são apresentados de maneira simples e direta, como que reduzidos ao que lhes é essencial, e são dispostos de modo muito preciso. O surgimento das complexas questões presentes no poema se dá não por meio de uma formulação, mas por meio da organização dos componentes do poema.

E a organização vem a ser um dos temas do poema "Consoada". Esse poema tem como tema mais explícito a morte. No entanto, a disposição de certa impassibilidade diante da morte se constrói sobretudo pela enumeração no final do poema das coisas que estarão organizadas: "Encontrará lavrado o campo, a casa limpa, / A mesa posta, / Com cada coisa em seu lugar". É pela organização depurada e irretocável dos elementos do poema que neste se desenvolve o espaço de reflexão. No caso de "Consoada", o tratamento dado ao tema da morte se distancia bastante do modo como foi tratado nos poema iniciais. A palavra "consoada" designa uma pequena refeição noturna em dia de jejum ou ceia na noite de Natal. No poema provavelmente indica um momento de encontro, de convívio simples. Se se permite um tom quase jocoso ao exclamar "Alô, iniludível", ou seja, ao saudar aquela, a morte, que não se pode iludir e sobre a qual não há dúvida, o poema também admite a dimensão do mistério ao falar dos sortilégios da noite. E é também a metáfora da noite que explica a "consoada" do título. As emoções mais explícitas diante da morte são substituídas pela organização das coisas — tal como o próprio poema se organiza, segundo o rigoroso ascetismo já referido. É essa visão que se tornará freqüente nos poemas finais sobre esse tema.

6. ESTRELA

O último livro de Bandeira, *Estrela da tarde*, além de ser o mais compósito, tem também a peculiaridade de ter adquirido sua conformação em sucessivas edições.

Assim, a primeira publicação de um conjunto de poemas enfeixados sob o título *Estrela da tarde* se deu dentro do volume *Poesia e prosa* publicado em 1958. Em seguida houve em 1960 uma edição de luxo e pequena tiragem feita em Salvador pela editora Dinamene. Em 1963, seguiu-se uma edição comercial autônoma. O livro só adquiriu forma final quando em 1966 foi integrado em *Estrela da vida inteira* (livro que reúne o conjunto da obra poética). Esses fatos não têm importância apenas para a história editorial do livro, pois revelam também um pouco da maneira como esses poemas passaram a formar um conjunto, o que tem a ver com a variedade já referida da produção do poeta. Esse aspecto, por sua vez, talvez mereça ser visto mais do que apenas como uma circunstância, pois pode ser encarado como um elemento ligado à própria concepção da poética bandeiriana.

Bandeira não escreveu poemas longos, nem poemas organizados em série. Um poeta como Murilo Mendes, por exemplo, é autor de um livro dedicado a um único tema, o *Contemplação de Ouro Preto*. Também em Drummond há vários exemplos de organização nesse sentido. Em Bandeira, a autonomia dos poemas, que acaba dando a possibilidade de sua diversidade, resulta de uma maneira de considerar o poema. Entre seus melhores poemas estão justamente poemas breves, que tratam de um universo aparente bem delimitado e que se concentram densamente em sua matéria. Assim, cada poema pode funcionar como um todo acabado. No caso de *Estrela da tarde*, a variedade é tal que Murilo Marcondes de Moura chamou a atenção para o fato de este ser o único livro de Bandeira dividido em várias partes, que se tornaram necessárias para dar um ordenamento à diversidade. Mas nesse sentido um outro crítico, Gilberto Mendonça Teles, observou que a organização que se nota em cada poema de Bandeira existe também em cada um dos livros — e assim como em muitos dos poemas ela não seja explícita, o mesmo se dá com os livros. Umas poucas vezes, Bandeira chegou a mudar a posição de poemas em alguns de seus livros quando de suas reedições, o que revela que ali não se tinha apenas uma reunião ao acaso. Nesse sentido, um bom exemplo também são antologias de sua própria obra, como os *50 poemas escolhidos pelo autor*. Naturalmente, essa organização é de percepção menos imediata. Um outro exemplo do sentido de organização geral se encontra no poema "Antologia", de *Estrela da tarde*. Os versos desse poema provêm de diferentes poemas de Bandeira, e ele pode ser visto como um emblema das articulações que se verificam ao longo da obra.

Em *Estrela da tarde*, uma das seções mais peculiares é a composta por poemas visuais. Em meia dúzia de crônicas publicadas em 1957 Bandeira tratou de mais uma renovação: a poesia concreta. As crônicas foram motivadas tanto por uma exposição do novo movimento quanto pela surpresa causada por alguns poemas de Bandeira dentro dos princípios concretistas. Tratava-se da I Exposição Nacional de Arte Concreta, realizada de 4 a 11 de fevereiro de 1957 no saguão do Ministério da Educação. Se em seus comentários Bandeira mostrou posição bastante compreensiva e simpática em relação ao movimento, não deixou, por outro lado, de declarar: "Vamos devagar. Não aderi à poesia concreta. O que houve é que depois de ler uns ensaios do grupo concretista escrevi um poema aplicando ao meu superado jeitão de poesia uns toques de concretismo". O poema referido é "Analianeliana", incluído em *Estrela da tarde*. Tempos depois, os poetas concretos pediram a Bandeira colaboração para o número três (junho de 1963) da revista concretista *Invenção*, em que saiu "O nome em si", outro dos poemas de *Estrela da tarde*. Haroldo de Campos mostrou como a elaboração desses poemas concretos se inseria em processos peculiares a boa parte da produção bandeiriana. O mais perceptível desses processos consistia em deslocar coisas conhecidas (uma frase feita, um lugar comum) de sua situação habitual, fazendo com que então recebessem uma nova luz de compreensão — processo este estudado por alguns críticos sob a denominação de desautomatização. O exemplo dado é justamente o do poema "O nome em si", sobre o qual diz Haroldo de Campos: "o poema [...] é radical: pulveriza a 'aura' do nome célebre, restitui-o a um estado de disponibilidade anterior à conceituação". Por um processo de repetição e modificação do nome do poeta romântico Gonçalves Dias, de associações com outros nomes, o poema retira-o da sua dimensão célebre e o insere numa cadeia de situações corriqueiras.

Outra série de poemas de *Estrela da tarde* é "Preparação para a morte", um conjunto por sua vez também desigual, mas onde é retomado de forma intensa um dos temas centrais da poética de Bandeira. Pelo menos dois dos poemas do conjunto, "Preparação para a morte" e "Programa para depois de minha morte", estão entre o que de melhor Bandeira realizou sobre o tema. No caso do primeiro, o texto se compõe pela simples enumeração tanto de coisas corriqueiras (flor, pássaro) quanto de noções complexas (espaço, tempo). Mas são apresentadas todas como coisas excepcionais — milagres —, o que poderia constituir um lugar comum ou já ser pelo menos considerado como algo inusitado para um repertório de elementos da vida. No caso do segundo, apresenta-se o projeto de simples reencontro com pessoas queridas. Deve-se observar que na disposição narrativa do poema, este é marcado por indicadores de ordem: "depois", "primeiro", "isto feito". Ambos os poemas lidam com o tema de forma direta e desprovida de emoção, como se se tratasse de algo, por inevitável, simples. Valem-se, porém, de um inesperado paradoxo obtido por meio de uma reversão de expectativa. O último verso de "Preparação para a morte" diz: "Bendita a morte, que é o fim de todos os milagres". O segundo diz: "Esquecido para sempre de todas as delícias, dores, perplexidades / Desta outra vida de aquém-túmulo". Lidam assim, ambos os poemas, com um jogo de inversões, de modo a abordar o difícil tema da morte como se se tratasse de seu oposto. E essas inversões são salientadas justamente pela limpa organização dos componentes do poema. Provavelmente eles não alcancem o mesmo nível de um poema como "Consoada", mas dele se aproximam pelo princípio da disposição das coisas e conseqüente organização do poema.

Se *Estrela da tarde* indica em seu título o instante crepuscular de uma vida e obra, tendo vindo a de fato constituir o momento final da criação bandeiriana, não foi, no entanto, o último livro do poeta. Como já se referiu, Bandeira ainda publicou em 1966 o livro *Estrela da vida inteira*, que se poderia ver apenas como a reunião da obra. No entanto, o mesmo sentido simbólico que o título tem se estende ao volume em si. Essa reunião, incluindo os poemas de circunstância e os poemas traduzidos, é toda a produção poética de uma vida, que aí recebe uma derradeira organização, ainda com alguns ajustes. E dessa obra a melhor leitura sem dúvida será sempre a que se puder fazer de sua integralidade, observando-se as relações existentes entre os seus componentes e diferentes momentos, cuja percepção sem dúvida enriquece essa leitura.

ENTRE ASPAS

"Eu faço versos como quem morre."
"Desencanto", de *A cinza das horas*

"Molha em teu pranto de aurora as minhas mãos pálidas"
"Toante", de *Carnaval*

"Nem falta o murmúrio da água, para sugerir, pela voz
   dos símbolos,
Que a vida passa! Que a vida passa!
E que a mocidade vai acabar"
"A estrada", de *O ritmo dissoluto*

"À parte as águas de um córrego contavam a eterna
   história sem começo nem fim."
"Sob o céu todo estrelado", de *O ritmo dissoluto*

"A vida inteira que podia ter sido e que não foi."
"Pneumotórax", de *Libertinagem*

"Não quero mais saber do lirismo que não é libertação"
"Poética", de *Libertinagem*

"Vou-me embora pra Pasárgada
Lá sou amigo do rei"
"Vou-me embora pra Pasárgada", de *Libertinagem*

"Pura ou degradada até a última baixeza
Eu quero a estrela da manhã"
"Estrela da manhã", de *Estrela da manhã*

"Mas eu salvei do meu naufrágio
Os elementos mais cotidianos."
"O martelo", de *Lira dos cinqüent'anos*

"Estava maduro para o sofrimento
E para a poesia."
"Infância", de *Belo belo*

"Como em turvas águas de enchente,
Me sinto a meio submergido
Entre destroços do presente"
"Boi morto", de *Opus 10*

"Quando a sombra é como a augusta
Antecipação da morte."
"O fauno", de *Estrela da tarde*

ESTANTE

OBRAS DO AUTOR

POESIA

A cinza das horas. Rio de Janeiro: Tipografia do *Jornal do Comércio*, 1917.

Carnaval. Rio de Janeiro: Tipografia do *Jornal do Comércio*, 1919.

Poesias (inclui os livros anteriores e a primeira edição de *O ritmo dissoluto*). Rio de Janeiro: Tipografia da *Revista de Língua Portuguesa*, 1924.

Libertinagem. Rio de Janeiro: Pongetti, 1930.

Estrela da manhã. Rio de Janeiro: Tipografia do Ministério da Educação e Saúde, 1936.

Poesias escolhidas. Rio de Janeiro: Civilização Brasileira, 1937.

Poesias completas (inclui a primeira edição de *Lira dos cinqüent'anos*). Rio de Janeiro: Cia. Carioca de Artes Gráficas, 1940.

Poesias completas (inclui a primeira edição de *Belo belo*). Rio de Janeiro: Casa do Estudante do Brasil, 1948.

Mafuá do malungo. Barcelona: O Livro Inconsútil, 1948.

Opus 10 (ilustração de Fayga Ostrower). Niterói: Hipocampo, 1952.

50 poemas escolhidos pelo autor. Rio de Janeiro: Ministério da Educação e Cultura, 1955 (Coleção Cadernos de Cultura, 77); reedição, São Paulo: Cosac Naify, 2006.

O melhor soneto de Manuel Bandeira. Rio de Janeiro: Philobiblion, 1955.

Um poema de Manuel Bandeira. Rio de Janeiro: Philobiblion, 1956.

Obras poéticas. Lisboa: Minerva, 1956.

Pasárgada (ilustrações de Aldemir Martins). Rio de Janeiro: Sociedade dos Cem Bibliófilos, 1959.

Estrela da tarde. Salvador: Dinamene, 1960.

Alumbramentos. Salvador: Dinamene, 1960.

Antologia poética. Seleção de Manuel Bandeira. Rio de Janeiro: Editora do Autor, 1961.

Manuel Bandeira. Paris: Éditions Pierre Seghers, 1964 (Coleção Poètes d'Aujourd'hui).

Estrela da tarde. Rio de Janeiro: José Olympio, 1963.

Preparação para a morte (álbum com poemas e vinhetas de Manuel Bandeira e litogravuras de João Quaglia). Rio de Janeiro: Edição de André Willième e Antoni Grosso, 1965.

Estrela da vida inteira. Poesia
  reunida e poemas traduzidos.
  Introdução de Antonio
  Candido e Gilda de Mello
  e Sousa. Rio de Janeiro:
  José Olympio, 1966.
  (Com várias reedições pela
  editora Nova Fronteira.)
Meus poemas preferidos. Rio
  de Janeiro: Edições
  de Ouro, 1966.
Poesias. Seleção e introdução
  de Adolfo Casais Monteiro.
  Lisboa: Portugália, 1968.

PROSA

Crônicas da província do Brasil.
  Rio de Janeiro: Civilização
  Brasileira, 1937; reedição,
  São Paulo: CosacNaify, 2006.
Guia de Ouro Preto. Rio
  de Janeiro: Ministério da
  Educação e Saúde, 1938;
  reedição, Rio de Janeiro:
  Ediouro, 2000.
A autoria das Cartas chilenas.
  Separata da *Revista do Brasil*,
  Rio de Janeiro, 1940.
Noções de história das literaturas.
  São Paulo: Companhia
  Editora Nacional, 1940.
Apresentação da poesia brasileira.
  Rio de Janeiro: Casa do
  Estudante do Brasil, 1946.
Literatura hispano-americana. Rio
  de Janeiro: Pongetti, 1949.
Gonçalves Dias. Esboço
  biográfico. Rio de Janeiro:
  Pongetti, 1952.

De poetas e de poesia. Rio
  de Janeiro: Ministério da
  Educação e Cultura, 1954
  (Coleção Cadernos de
  Cultura, 64).
Itinerário de Pasárgada. Rio
  de Janeiro: Tipografia
  do *Jornal de Letras*, 1954.
Flauta de papel. Rio de Janeiro:
  Alvorada, 1957.
Poesia e vida de Gonçalves Dias.
  São Paulo: Ed. das
  Américas, 1962.
Andorinha, andorinha.
  Organização de Carlos
  Drummond de Andrade.
  Rio de Janeiro:
  José Olympio, 1966.
*Os reis vagabundos e mais 50
  crônicas*. Rio de Janeiro:
  Editora do Autor, 1966.
*Colóquio unilateralmente
  sentimental*. Rio de Janeiro:
  Record, 1968.

EDIÇÕES ORGANIZADAS POR MANUEL BANDEIRA

*Antologia dos poetas brasileiros
  da fase romântica*. Rio
  de Janeiro: Ministério da
  Educação e Saúde, 1937.
*Antologia dos poetas brasileiros
  da fase parnasiana*. Rio
  de Janeiro: Ministério da
  Educação e Saúde, 1938.
Poesias, de Alphonsus de
  Guimaraens. Rio de Janeiro:
  Ministério da Educação
  e Saúde, 1938.

Sonetos completos e poemas escolhidos de Antero de Quental. Rio de Janeiro: Livros de Portugal, 1942.

Obras-primas da lírica brasileira. Seleção de Manuel Bandeira. Notas de Edgard Cavalheiro. São Paulo: Martins, 1943.

Obras poéticas de A. Gonçalves Dias. São Paulo: Companhia Editora Nacional, 1944.

Antologia de poetas brasileiros bissextos contemporâneos. Rio de Janeiro: Ed. Zélio Valverde, 1946.

Rimas de José Albano. Rio de Janeiro: Pongetti, 1948.

Gonçalves Dias. Rio de Janeiro: Agir, 1958.

Poesia do Brasil. Em colaboração com José Guilherme Merquior na fase moderna. Rio de Janeiro: Editora do Autor, 1963.

Rio de Janeiro em prosa & verso. Em colaboração com Carlos Drummond de Andrade. Rio de Janeiro: José Olympio, 1965.

Antologia dos poetas brasileiros da fase simbolista. Rio de Janeiro: Edições de Ouro, 1965.

Antologia dos poetas brasileiros da fase moderna. Em colaboração com Walmir Ayala. Rio de Janeiro: Tecnoprint, 1967.

ALGUMAS TRADUÇÕES REALIZADAS POR MANUEL BANDEIRA

Poemas traduzidos (ilustrações de Guignard). Rio de Janeiro: R. A. Editora, 1945.

A prisioneira, de Marcel Proust. Em colaboração com Lourdes de Sousa de Alencar. Rio de Janeiro: Globo, 1951.

Maria Stuart, de Schiller. Rio de Janeiro: Civilização Brasileira, 1955.

A máquina infernal, de Jean Cocteau. Lisboa: Presença, 1956; Petrópolis: Vozes, 1967.

Juno e o pavão, de Sean O'Casey. Prefácio de Augusto Boal. São Paulo: Brasiliense, 1965.

Macbeth, de Shakespeare. Rio de Janeiro: José Olympio, 1958.

Conversação-Sinfonieta, de Jean Tardieu. *Cadernos de Teatro*, n. 48, jan.-fev.-março, 1971, Rio de Janeiro, SNT, O Tablado.

D. Juan Tenório, de Juan Zorrilla. Rio de Janeiro: Serviço Nacional de Teatro, 1960.

Miréia, de Frédéric Mistral. Rio de Janeiro: Delta, 1961.

Prometeu e Epimeteu, de Carl Spitteler. Rio de Janeiro: Delta, 1962.

O advogado do diabo, de Morris West. Petrópolis: Vozes, 1964.

Rubaiyat, de Omar Khayyan.
Rio de Janeiro: Edições
de Ouro, 1965.

Os verdes campos do Éden, de
Antonio Gala. Petrópolis:
Vozes, 1965.

A fogueira feliz, de J. N. Descalzo.
Petrópolis: Vozes, 1965.

Edith Stein na câmara de gás, de
Frei Gabriel Cacho.
Petrópolis: Vozes, 1965.

O círculo de giz caucasiano, de
Bertolt Brecht. São Paulo:
Cosac Naify, 2002.

CORRESPONDÊNCIA

*Correspondência Mário de Andrade
& Manuel Bandeira*.
Organização de Marcos
Antonio de Moraes. São
Paulo: Edusp, 2000.

*Correspondência de Cabral com
Bandeira e Drummond*.
Organização de Flora
Sûssekind. Rio de Janeiro:
Nova Fronteira/Fundação
Casa de Rui Barbosa, 2001.

EDIÇÕES CRÍTICAS E ANTOLOGIAS DA OBRA DE MANUEL BANDEIRA

Testamento de Pasárgada.
Seleção, organização e
estudos críticos de Ivan
Junqueira. Rio de Janeiro:
Nova Fronteira, 1980;
reedição, 2003.

*Os melhores poemas de Manuel
Bandeira*. Seleção de
Francisco de Assis Barbosa.
São Paulo: Global, 1984.

*A cinza das horas, Carnaval, O
ritmo dissoluto*. Edição crítica
preparada por Júlio Castañon
Guimarães e Rachel
T. Valença. Rio de Janeiro:
Nova Fronteira, 1994.

Libertinagem, Estrela da manhã.
Edição crítica preparada
por Giulia Lanciani.
Madri: ALLCA XX, 1998.

Manuel Bandeira. Seleção
e prefácio de Eduardo
Coelho. São Paulo: Global,
2003 (Coleção Melhores
Crônicas).

OBRA REUNIDA

Poesia e prosa. 2 vols. Rio
de Janeiro: Aguilar, 1958.
(Houve várias reedições,
mas com redução
do conteúdo.)

FILME SOBRE MANUEL BANDEIRA

O poeta do Castelo, de Joaquim
Pedro de Andrade, 1959.

BIBLIOGRAFIA SELETA SOBRE MANUEL BANDEIRA

Andrade, Carlos Drummond
de. *O observador no
escritório*. Rio de Janeiro:
Record, 1985.

Andrade, Mário de. "A poesia em 1930". In: _____. *Aspectos da literatura brasileira*. São Paulo: Martins, 1943.

Arrigucci Jr., Davi. *Humildade, paixão e morte. A poesia de Manuel Bandeira*. São Paulo: Companhia das Letras, 1990.

_____. *O cacto e as ruínas*. São Paulo: Duas Cidades, 1997.

Athayde, Austregésilo de. "Duas homenagens ao poeta". In: Silva, Maximiano de Carvalho e (org.). *Homenagem a Manuel Bandeira*. Rio de Janeiro: Presença, 1989.

Baciu, Stefan. *Manuel Bandeira de corpo inteiro*. Rio de Janeiro: José Olympio, 1966.

Bandeira, a vida inteira [fotobiografia]. Rio de Janeiro: Alumbramento, 1986.

Barosa, Francisco de Assis. *Manuel Bandeira: 100 anos de poesia*. Recife: Pool, 1988.

Bastide, Roger. *Poetas do Brasil*. São Paulo: Edusp/Duas Cidades, 1997.

Bezerra, Elvia. *A trinca do Curvelo*. Rio de Janeiro: Topbooks, 1995.

Campos, Haroldo de. "Bandeira, o desconstelizador". In: _____. *Metalinguagem*. Petrópolis: Vozes, 1967.

Brayner, Sônia (org). *Manuel Bandeira*. Rio de Janeiro/Brasília: Civilização Brasileira/INL, 1980.

Candido, Antonio. "Carrossel". In: _____. *Na sala de aula*. São Paulo: Ática, 1985.

Candido, Antonio; Souza, Gilda de Mello e. "Introdução". In: Bandeira, Manuel. *Estrela da vida inteira*. Rio de Janeiro: José Olympio, 1966.

Coelho, Joaquim Francisco. *Manuel Bandeira pré-modernista*. Rio de Janeiro: José Olympio, 1982.

Couto, Ribeiro. *Três retratos de Manuel Bandeira*. Introdução, cronologia e notas de Elvia Bezerra. Rio de Janeiro: Academia Brasileira de Letras, 2004.

Goldstein, Norma. *Do penumbrismo ao modernismo (o primeiro Bandeira e outros poetas significativos)*. São Paulo: Ática, 1983.

Holanda, Sérgio Buarque de. "Trajetória de uma poesia". In: Bandeira, Manuel. *Poesia e prosa*. Rio de Janeiro: Aguilar, 1958.

Ivo, Ledo. *O preto no branco. Exegese de um poema de Manuel Bandeira*. Rio de Janeiro: São José, 1955.

Lima, Luiz Costa. *Lira e antilira*. Rio de Janeiro: Civilização Brasileira, 1968.

_____. "Sobre Bandeira e Cabral". In: _____. *Intervenções*. São Paulo: Edusp, 2002.

Lopes, Waldemar. "Presença de Teresópolis na vida e na obra de Manuel Bandeira". In: Silva, Maximiano de Carvalho e (org.). *Homenagem a Manuel Bandeira*. Rio de Janeiro: Presença, 1989.

Melo, Gládstone Chaves de. "Como vi e como vejo Manuel Bandeira". In: Silva, Maximiano de Carvalho e (org.). *Homenagem a Manuel Bandeira*. Rio de Janeiro: Presença, 1989.

Milliet, Sergio. "Belo belo". In: Brayner, Sonia (org.). *Manuel Bandeira*. Rio de Janeiro/Brasília: Civilização Brasileira/INL, 1980.

Monteiro, Adolfo Casais. *Manuel Bandeira*. Rio de Janeiro: Cadernos de Cultura, Ministério da Educação e Cultura, 1958.

Moraes, Emanuel de. *Manuel Bandeira*. Rio de Janeiro: José Olympio, 1962.

Moura, Murilo Marcondes de. *Manuel Bandeira*. São Paulo: Publifolha, 2001.

Paula, Aloysio de. "A doença de Manuel Bandeira". In: Silva, Maximiano de Carvalho e (org.). *Homenagem a Manuel Bandeira*. Rio de Janeiro: Presença, 1989.

Pontiero, Giovanni. *Manuel Bandeira* (visão geral de sua obra). Rio de Janeiro: José Olympio, 1986.

Senna, Homero (org.). *O mês modernista*. Rio de Janeiro: Fundação Casa de Rui Barbosa, 1994.

Silva, Maximiano de Carvalho e (org). *Homenagem a Manuel Bandeira*. Rio de Janeiro: Presença, 1989.

Simon, Michel. *Manuel Bandeira*. Paris: Seghers, 1965.

Teles, Gilberto Mendonça. "A experimentação poética de Bandeira em *Libertinagem* e *Estrela da manhã*". In: Bandeira, Manuel. *Libertinagem, Estrela da manhã*

ESTE LIVRO FOI COMPOSTO NAS
FONTES PERPETUA E NEWS GOTHIC
POR WARRAKLOUREIRO, E IMPRESSO
EM PAPEL PÓLEN BOLD 90G
NA GRÁFICA VIDA E CONSCIÊNCIA
NO INVERNO DE 2008